ख्वाहिशों का चाँद

BOOKS CLINIC

Booksclinic Publishing
Website: - **www.booksclinic.com**
B.D. Complex, Near Tifra Over Bridge, Bilaspur,
Chhattisgarh, India, 495001

ISBN: 978-93-90655-53-3
Book: Fiction
First Edition Published by
Booksclinic Publishing 2021

ख्वाहिशों का चाँद

भारती वैष्णव

ॐ सरस्वतै नमः

भूमिका

कक्षा 8 वीं से लिखने लगी थी,पर कहां देना है ये छपने को ये पता नही था,सो लिख-लिख कर रखती रही,बी ए प्रथम मे आकाशवाणी जगदलपुर मे पहली बार अपनी रचना को प्रस्तुत करने का अवसर मिला,पर अखबार मे नही दे सकी,पता ही नही था तब कहां देना है,कैसे देना है,

फिर 1986 में कुछ सहेलियों के साथ एक सिने समिति बनाई जिसमे बस्तर के सभी पर्यटन और दर्शनीय स्थल का वृत्तचित्र बनाना था,उस समय एक कंपनी हुआ करती थी स्टर्लिंग ये विडियो कैसेट रिलिज करने के लिए स्टर्लिंग के बाबूभाई को एक पत्र लिखी बहुत मुश्किल मे मिला था उनका पता,वहां से ये कहा गया कि टाईप करके भेजें हाथ से लिखा हुआ मान्य नही है,और फिर इधर घर से भी परमिशन नही मिली बहुत छोटे हो पढाई लिखाई मे ध्यान दो कह कर,

जब हम बिलासपुर आ गये अपने मकान मे वहाध आकाशवाणी बिलासपुर मे कुछ प्रसारित हुआ ये 92-94 का समय था,इस समय मे पत्रकार बनी इसी दौर मे शांति धारावाहिक आता था मेरी सहेलियां मुझे शांति कहा करती थी,

91 मे मै जवाहर यादव जी से मिली लोक कलाकारों के साथ बहुत अच्छा काम करते थे,

इसी दौरान बालको संगीत सरिता के जय राम साहू जय जी ने आमंत्रित किया अपनी संस्था मे जुड़ने को, यही समय था जब कुछ समय के लिए दैनिक भास्कर मे रही और कुछ समय के लिए

नवभारत मे रही यहां मुझे कुमार साहू जी से बहुत कुछ सीखने को मिला,उनका विशेष स्नेह और आशीष मिला,

इस बीच मोहल्ले के बच्चों के साथ सांस्कृतिक कार्यक्रम करवाती थी, इस समय हबीब तनवीर जी का बुलावा आया मै तो फैन थी ही खुशी और उमंग से भर गया मन,पर घर से इजाजत नहीं थी,मैने पत्र लिख कर भेजा कि घर मे अनुमति नही है बाहर जाने की,तब हबीब जी ने पोस्टकार्ड लीख कर भेजा कि कोई बात नही आप अपने पिता जी के साथ ही आ जाईये,मेरी खुशी का अंदाजा कोई नही लगा सकता,पर इस बार भी इजाजत नही मिली, 95 से शादी के बाद 2006 तक सब कुछ बंद था,

2006 से आकाशवाणी अम्बिकापुर से जुड़ी अनेक तरह की सामग्री प्रसारित हुई यहां,

2018 मे राजभाषा छत्तीसगढ़ के कार्यक्रम मे शामिल हुई जो कवर्धा मे आयोजित हुआ था ये मेरे लिए दूसरा सुनहरा अवसर था पहला सुनहरा अवसर रहा कुमार साहु जी का सानिध्य,

इस बीच कुछ रचनाएं समाचार पत्र मे छपती रही हैं,

सलाहकार
सीतादेवी वैष्ण
आरती वैष्णव

विवरण

टिकली

रोज की भांति ही बेला रजत के लिए बासी का कटोरा रख कर चटाई बिछा देती है,

रजत बाल संवारते हुए कारखाने जाने के लिए थैला भी जमा रहा था,

चटाई बिछी देख कर बैठ गया ये रोज का ही नियम था, पालथी मार कर टमाटर की चटनी और बासी गपागप खा कर काम मे निकलता था,

साईकिल मे थैला टांगते हुए रजत ने पूछा आज मिल जायगी रोजी बोल क्या लाऊं आते आते ..?

-पहले घर आ जाओ कल रविवार है और छुट्टी भी है,कल ही ले आयेंगे जो कुछ लेना होगा,पैसे लिए -लिए कहां बाजार मे घुमते रहोगे..!

-अच्छा ठीक है आज फुल आराम कर लिया जाए कल दोनो ही साथ चलेंगे हाट बाजार करने.

-रजत साईकल लेकर निकल गया कारखाने की ओर,

-गरीबी मे भी संतोष के साथ दिन बीत रहे हैं इनको देख कर गरीबी वाला भाव शरमा जाते,दुख -तकलीफ मुंह छिपा कर पिछवाड़े को जा बैठते.

एक तरह से उनके पास सब कुछ तो था रोटी कपडा़ मकान फिर असंतोष ,मन - मुटाव,तकरार के लिए कहां जगह बचती है,

-इधर कारखाने का मेन गेट बंद था सभी कामगार बाहर परेशान खड़े थे, चौकीदार ने बताया मिलिक सपरिवार कुछ दिनों के लिये विदेश घुमने गये हैं,

रजत ने भीड़ देख कर पूछा

क्यों शंकर क्या हुआ आज काम नहीं होगा क्या..?

सब बाहर खड़े हो..?

-अरे सुन रजत आज मालिक बिना सूचना के ही कारखाना बंद करके विदेश चले गए,

-हे भगवान हफ्ते भर से इंतजार था वेतन का ,इनको आज ही जाना था बाहर..?

-सभी तो हफ्ते भर का उधार

राशन ले-ले कर खाने का इंतजाम करते थे,रोजी मिलने पर भुगतान करते थे,

-आज ये बिन बुलाए मेहमान मुसीबत बन कर आ धमका..!

-बिना पैसे के कैसे कटेगा ये हफ्ता..!

-सब तो चिंतित और परेशान थे ही ये बात सुन कर रजत कुछ अधिक ही उबल पडा़ -संगी सुनो क्या ये अनजाने मे नहीं हो सकता है.ये जानबूझकर हुआ है,ये हमारी मजदूरी देने के बाद भी जा सकते

थे,या फिर मैनेजर को तो यहां रुकने को कह सकते थे ..ये सब सोची समझी नीति है, हमपर दबाव बना बढा़ना चाह रहे हैं,सच तो ये है कि ये कहीं बाहर -वाहर नहीं गये हैं...ये उन अमीरों की तरकीब है गरीब को और गरीब करने की,मजबूर को और मजबूर करने की,भरपूर जोश और आक्रोश मे चिल्ला उठा...संगी लोग क्या हमको मालिक के घर जाना चाहिए अभी..?

-क्यों रजत वहां जा के क्या होगा.कोई होगा ही नहीं वहां ..!

-वहां जा कर हमको पता चल जाएगा असल मे बात क्या है ?कोई होगा तो अपनी रोजी ही मांग लेंगे-चलो..चलो...और फिर बंगले की ओर एक बडी़ रैली की शकल मे वो सब चल पड़े .!

-सभी के मन मे यही चल रहा था कि अगर रोजी नहीं मिली तो क्या होगा..?

-बंगले के बाहर चौकीदार उन्हे रोक कर कारण पूछता है क्या हुआ आज आप सब यहां काहे इकट्ठा हो रहे हों..यहां कोई है ही नहीं..!

सबमे गहमा-गहमी मच गयी थी..!

-तभी एक मजदूर गेट के भीतर चढ़ कर झांकने लगा-वो चिल्लाया अरे संगियों यहां तो मजे से दावत उडा़ई जा रही है,कोई बाहर नहीं गया है वो सब गार्डन मे बैठ कर दावत उडा़ रहे हैं,बहुत लोग बैठे हैं भीतर गार्डन मे ..!

-दुखदाई बात तो ये थी कि बाहर गेट पर इतना शोर गुल होने के बाद भी कोई संदेश नहीं आया मालिक का मजदूरों के लिए-

जबकि वो समझ तो गये होंगे कि मजदूर अपने हक के लिए इकट्ठे हुए हैं ,पर फिर भी इस तरह अनजान बने रहना और अवहेलना करना रजत को भीतर तक खल गया..

-रजत ठीक ही कह रहा था ये हम पर दबाव ही बना रहे थे..!

-रजत आज अघोषित ही उनका लीडर बन गया ...इसकी समझ और तर्क ने एक ही दिन मे दो बार मदूरों की आंखों मे चढा दिया एक तो तब जब वो सबको ले कर मालिक के बंगले आ पहुंचा ये कह कर कि वो दबाव बना रहे हैं,

और अब अपनी तर्क और जोर से सबको मजदूरी दिलाने मे मालिक को मना लिया ,

-वैसे तो सबकी तरह वो घर ही जाने वाला था,पर रास्ते मे दुकान देख बेला के लिए टिकली खरीद ही लिया,

रास्ते भर वो साईकल चलाता हुआ गाता -गुनगुनाता चला जा रहा था,

-उधर मालिक खुद को अपमानित महसूस कर रहा था,उसका दंभी मन बहुत आहत हुआ है जिस पल वो मजबूरी मे मजदूरों को वेतन देने को राजी हुआ था तब से ही बेचैन है अपने इस अपमान से,रजत तो जैसे दुश्मन ही बन गया हो

-रजत हाथ मुंह धो कर बैठ गया और सोचने लगा सुबह कितना खराब था मन... और शाम होते -होते सब ठीक हो गया,

लाल चाय एक गिलास मे ला कर बेला ने रख दी सामने,

-उसने कहा थैले मे कुछ सामान है निकाल लो,

-थैले मे टिकली देखते ही बेला का चेहरा खुशी से खिल गया,मेरा तो बचपन का शौक है ये टिकली सब सहेलियां चुडियां लेती थी तो मै टिकली लिया करती थी ,तब मैं ये सोचता करती कि बडी़ हो जाऊंगी ना तब पेटी भर -भर कर टिखली रखुंगी,ये तो बहुत सारे रंगों की वाली ले आये...धन्यवाद.!

-अच्छा तो अब धन्यवाद देना भी सीख गयी पडो़स मे टी वी देख- देख के,

-कारखाने मे खाने की छुट्टी मे सब मजदूर बैठे थे अपना-अपना डिब्बा ले के,

सिमेंट की शीट का छत था,

अचानक भरभरा के गिर गया बहुत से मजदूर हताहत हुए,एक ही पल मे माहौल बदल गया वो जमीन जहां लोगों के खाने का डिब्बा रखा था वो सारी जमीन खून से भीग गयी थी,

आनन -फानन मे पुलिस ,एम्बुलेंस के लिए खबर किया गया,भागम -भाग मच गयी..!

-इस बार भी रजत ने सब कुछ सही कर दिया मजदूरों के लिए,

एक तरफ तो रजत मजदूरों की आंख का तारा बन गया था तो वहीं दूसरी तरफ मिल मालिक की आंखों का कांटा बन गया़ .!-जब तक एक-एक मजदूर स्वस्थ हो कर घर नहीं आ गये रजत को दुगनी भाग-दौड़ करनी पड़ी,अस्पताल भी जाना,भर्ती मजदूरों की जरूरतों को देखना,मिल मे काम भी करना..!

-अब तो मालिक की आंखों मे खून ही उतर आया..!

-परसों सालगिरह थी तो रजत ने सोचा टिकली ही ले जाऊंगा और साथ मे कुछ मिठाई रख लुंगा,

-कारखाने से वापस होते हुए वो टिकली लेने रूक गया दुकान में,

इस बार ढेर सारी टिकली ले लिया बेला के लिए,

उसकी पसंद का ही तो उपहार देगा अपनी पसंद का थोडी़ ये सोच कर सुंदर- सुंदर टिकली चुनता गया रखता गया,आज वो खुद अपने हाथों से देगा टिकली ये सोच कर उसने थैले मे नहीं जेब मे रख लिया सभी पत्तियों को,

-जैसे ही दुकान से बाहर निकला गुंडे टुट पड़े रजत पर सहसा हुए आक्रमण से रजत संभल ही नहीं पाया,

मालिक ने किराए के गुंडे लगा रखे थे रजत के पिछे ,घायल मजदूरों को अच्छा मुआवजा दिलवाया था इसने तब से,

आज उन किराए के गुंडों ने काम कर दिया मालिक का,

ये तो तुफान की तरह आये और चले भी गये,

तुफान भी अचानक आता है और चला जाता है,पिछे तबाही वाला मंजर छोड़ कर..!

यहां कोई कुछ समझता संभालता तब तक किराए के गुंडे ये जा वो जा...हो चुके थे,

-किसी तरह उठा कर कुछ लोग रजत को घर की तरफ ले गये और कुछ साथी डॉक्टर को लाने चले गये ..!

-घर के बाहर भीड़ भरी आवाज सुन कर बेला दौड़ कर बाहर आई.

-कुछ जायजा ले पाती तभी खून से लथपथ रजत को देख बेला के हाथ पैर कांप रहे थे सवाल करने लगी-क्या हुआ,कैसे हुआ कहां गिर गया कारखाने मे फिर हादसा हुआ क्या,

-दहाड़ मारती हुई बेला लपक कर रामू के सिर को अपनी गोद मे रख कर उसे जगाने की कोशिश करने लगी...बदहवास सी इधर - उधर देखने लगी..क्या करे,कैसे करे होश लाने के लिए,पानी का छिंटा देती रही,

तब तक साथी लोग डॉक्टर ले कर आ गये,

मुआयना करके डॉक्टर ने सॉरी कह दिया , इसी बीच रजत की जेब से टिकली के पत्ते खिसक कर जमीन पर आ गिरे...

एक रूका हुआ फैसला

आफिस से निकला ही था कि राधा का फोन आया...आते वक्त कुछ राशन ले आना जो खाना होगा उसी हिसाब से लाना,

हां ठीक है..कह कर रोहित ने फोन काट दिया,

बाजार मे इधर -उ5मधर घूमते हुए ,सामान देखते हुए राधा को ही सोचता रहा ,उसकी पसंद की चीजों को तलाशता रहा,

पता नही ऐसा क्या है उसमे कि उससे इतर कुछ और ना सोचने का मन होता है और ना देखने का मन होता है,

जब से वो साथ आई है जीने का सही मायने पता चला है,सभी चीजें अच्छी लगने लगी है,ऐसा क्या हो गया है कि सब कुछ अच्छा -अच्छा सा लगने लगा है,

राशन तो लिया - खाना पकाने मे एक घंटा,खाने मे एक घंटा,समेटने धोने मे एक घंटा ऐसे तो तीन घंटे यूं ही निकल जाएंगे,फिर उसने खाना ही पैक करा,लिया-पनीर लिफाफा,जिंजर नान,मसाला राईस,हरियाला कबाब,और कोल्ड ड्रिंक्स,

इस तरह विकेंड निकला,

शनिवार और रविवार आराम का होता है,

-सोमवार को जल्दी -जल्दी तैयार हो कर साथ पहुंचे आफिस,

वरना तो मंगल से रोज ही राधा आफिस से फोन करती साढें आठ बज गये कहीं दिख नही रहे हो आफिस मे हो या घर पर ही हो,

चौंक कर उठता और हवा जैसे तेजी से भागता दौड़ता आफिस पहुंचता

बस हंसते खेलते दिन बित रहे हैं,जिंदगी यही तो होती है- अच्छी सी नौकरी,और खर्च करने की पूरी आजादी, बिना रोक टोक दिन बिताने का मजा ही कुछ और है,

-रोहित के पापा ने फोन किया था उनसे बात होते ही वो चिंतित सा हो जाता है हर बार,और चेहरा जब बुझा -बुझा सा दिखे तब राधा समझ जाती ,

अब किया भी क्या जा सकता है,

किस्मत के आगे सब मजबूर हैं,,किसी का कोई बस नही चलता,

-लंच टाईम की छुट्टी मे राधा और रोहित हमेशा साथ ही लंच करते और फिर घर के विषयों पर,समस्याओं पर ,आफिस की समस्याओं पर चर्चा करते,

आज भी राधा लंच टाईम का ही वेट कर रही थी ,

-क्या हुआ पापा का फिर फोन आया लगता है,मुड तो तुम्हारा यही बता रहा है,

-हां वही बात दुहरा रहे हैं,

तो चले क्यो नहीं जाते कब तक टालोगे ..?बात तो आखिर करनी ही होगी,

-पर बात क्या करूंगा..?ना वो मानेंगे,ना मै मानूंगा ...हर बार की तरह बात बे-नतीजा ही रहेगी..!

- वो तो है पर तुमको सामने देख तो लेंगे ..बस यही सोच कर चले जाओ कि कभी -कभी मां बाप से मुलाकात करना ही चाहिए,

-रोहित बिना कुछ बोले ,बेमन से खाता रहा,

-शाम को रोहित के घर पहुंचते ही राधा पैकिंग में लग गयी,वो अंदाजा लगा चुकी थी इस बार भी हफ्ते भर तो रूकना ही पड़ेगा,

इसी हिसाब से कपडें द

रख दिये दिगर जरछरी सामान भी रख दिये,

-ट्रेन की खिड़की मे अजब सा जादू बाहर की ठंडी हवा इन और भीतर वाले टेंशन की गर्मी आउट,

वाकई मे ये बयार आज किसी मित्र की तरह अपनेपन के साथ प्यार से सिर को सहला रही है,और सारी दुख तकलीफ हवा हो जाती है,और बस ठंडे दिमाग के साथ वो घर पहुंच ही गया..पर दरवाजा खटखटाने से पहले जरूर ठिठक गया कि अब पिता जी का सामना कैसे करेगा,

अभी जरा भी इच्छा नहीं है बहस या विवाद की,

माँ ने दरवाजा माँ ने ही खोला,

रोहित ने राहत की सांस ली,

खुली खाट पर लेटा लेटा बस छत की ओर देखता रहा,आगे की होने वाली बातों को सोचता रहा क्या होगा...कुछ फैसला होगा भी या पहले की रतह अधर मे ही लटकेगी बात इस बार भी ...?

-कुछ देर मे पापा भी आ गये, बातों का और उलाहनों का वही पुराना दौर शुरू हो गया है,

पर पता नहीं क्यों इस बार कुछ कहने का मन ही नहीं हुआ बस चुप चाप सुनता ही रहा और ये भी सच है कि आज बुरा मानने का तो मन ही नहीं हो रहा है, इन फैक्ट बुरा मानना क्या होता है ये भी भूल गया है,

सुनता रहा, सुनता रहा,

-दो दिन तो ऐसे ही निकल गया,पापा के बुलाने पर आ तो गया है लेकिन उस विषय बात करने का मन हो ना हो पर करना तो होगा ही,

लकीली बात पापा ने बात शुरू की और बिना इधर-उधर किये सीधे मुद्दे पर आते हुए सवाल फेंक ही दिया -तो क्या तुम नहीं मानोगे...?

-मानना क्या पापा अब तो ये सामान्य सी बात हो गई है, जिंदगी का एक हिस्सा है पापा, मै रोज ही उस बात को सोचता हूं जो आपने कहा और समझाना भी चाहा पर मेरा मन जरा भी नहीं चाहता कि आपकी वो सलाह मानूं प्लिज पापा मुझे आजाद कर दीजिए उस समझाईश से,

प्लिज पापा...!

-रोहित बेटा कभी -कभी भावनाओं की नदी में बहना छोड़ कर सच्चाई की ठोस धरती पर मजबूत कदम रखना जरूरी होता है,

-पापा बहुत समय से हम अधर मे हैं कुछ तो बीच का रस्ता निकालिये, किसी किनारे पहुंचना है अब बहुत थक गया हूं अब

कोई रास्ता निकालिये,

-कैसे कोई हल निकलेगा तुम जो कह रहे हो वो परिवार और धर्म के विरोध होगा,

मै जो चाह रहा हूं कह रहा हूं वो तू मानना ही नहीं चाहता,

कैसे किसी किनारे टिकेगा तू रोहित..!

-पापा...!

- अब चलो कुछ खा पी लो,बाप बेटा बैठते हो तो फिर बैठ ही जाते हो,कोई हल तब निकलेगा जब तुम दोनों हल निकालना चाहोगे..!

-मां... क्या बनाई हो मां..एक से बढ़कर एक पकवान तो नहीं बनाई हूं -नमकीन बड़ूयां, पापड़, तल के लाई हूं चाय के साथ ,

खाओ और रास्ता तलाश करो,

सारी जिंदगी सोचोगे तब भी कोई रास्ता नहीं निकलेगा बेटा रोहित तेरे पापा ठीक ही कह रहे हैं मानना और समझना तो तुझे ही ही, इतना समझदार बेटा है और ये अचानक से ये नादानी कैसे कर बैठा..?

-वो ना सुन रहा था ना बोल रहा था बस एक- एक करके उठाता खाता, उठाता खाता,

वैसे अगर कोई हद से गहरी परेशानी हो, जिसके हल का कोई ओर छोर ना हो तो खूब खाना चाहिए और खूब सोना चाहिए -नही नहीं इससे समस्या का निवारण निकलता नहीं है लोग अवसाद से बचे रहते हैं,

-मै तो कहती हूं जब कोई राह नही मिले तो सब कुछ समय को सौंप देना ही सही रहता है,

और अब तुम लोग भी समय पर डाल दो सबकुछ फिर खाओ पियो ,

-राधा भी उधर इसी उधेड़ बुन मे थी क्या इस बार सब सही हो जाएगा..? क्या सब मान जाएंगे..? काश सब कुछ सही हो पाता..?

- इधर रोहित के पापा केवल समझा ही रहे थे और कोई पिता होते तो रोज ही महाभारत मचा रखते घर में, फिर नहीं जानने वाले पडो़सी भी सब भेद जान कर मजाक बनाते,

जब सब कुछ शांति से निपट सकता है तो निपटने दो, दोनों थोड़ा- थोड़ा समझौता करो और आगे बढो़, खुश रहो,

-मां मुझे लगता है कुछ समय लगेगा इस सबको ठीक होने मे और हमको हालात समझने मे ,

-पर मै तुम्हारी बात नहीं मानूंगा, तुम अब उस लड़की क्या नाम है उसका...हां वो राधा तुम ऐसे कैसे रह सकते हो उसके साथ बिना शादी के,

ये हमारी संस्कृति नहीं है, हमारी सभ्यता नहीं है ,मै तो फिर भी समझा ही रहा हूं दूसरे किसी के पापा होते तो -निकल जाओ इस घर से, आज के बाद ना तुम मेरे बेटे हो ना मै तुम्हारा पापा ,बेदखल कर दूंगा वगैरह-वगैरह कहते,

पर जब ये सब नहीं हो रहा है तो थोड़ा हमारे लिये भी सोच लो बेटा

बुढापे मे तो हम अब अपने संस्कार छोड़ नहीं सकते, रीति रिवाज हम भूला नहीं सकते,

आखिर तक हम तुम्हें समझाते रहेंगे पर कुछ गलत नहीं करने देंगे,

इतना तो जरूर कहूंगा कि अभी उबाल आ रहा है दूध मे,अभी ही बचा सकते हैं दूध को गिरने से, वरना बात बहुत बिगड़ जायेगी,

इससे पहले कि बहुत देर हो जाए,

आज तो नहीं समझ रहे हो पर हमारी उमर मे आ कर बहुत पछताओगे,

मान लो बेटा अभी भी देर नही हुई है, अभी भी सम्भल सकते हो,

मै इंटलवेल हूं तुम्हारी बहस का, चलो अब फिर से कुछ खा पी लो एनर्जी बना लो फिर बहस कर लेना,

मां ये ठीक किया आपने मन -मूड चेंज होना जरूरी है,मां आप ना आज पूरा दिन कुछ ना कुछ बनाओ मै खाता ही कहूंगा कल जाना है वापस,

-कैसे जा सकता है तू वापस अभी तक कोई फैसला तो हुआ नही है, -हां मां नहीं हुआ है पर मुझे ना आपकी ही बात सही लगी जो कल आपने यूं ही कह दिया था-समय ही सब ठीक करेगा मुझे भी यही करना है सही समय्र का वेट

बस इसलिए मुझे लगा कि अब वापस जा के काम देखना चाहिए और ही समय का इंतजार करना चाहिए, तो मां अब मेरी और सबकी पसंद का ढेर सारा खाना बनाईये हम सब एक साथ मिल कर खायेंगे ,

-वापस आते समय ट्रेन मे फिर वही सोच, वही चिंता, वही उमस, पता नहीं राधा से शादी हो भी पायेगी या नहीं, क्या ये टेंशन जिंदगी भर साथ रहेगा....?

-मां ने ढेर सा सामान रख दिया था और सारी की सारी चीजें राधा की फेवरेट

है, मै बता भी नहीं सकता था मां को, राधा के नाम से ही त्योरियां चढ़ जाती हैं,और इधर राधा दौड़ के ले जाती है कुछ भी अगर आये घर से,

-कॉलबेल के बजने का ही वेट था राधा शक्ति मान की तरह पल मे पहुंच गई और फट से दरवाजा खोल के गोली की तरह सवाल दाग बैठी,

क्या हुआ, मान गये मां-पापा, सब ठीक हो गया ना....?

-ना नही इस बार भी कुछ नहीं हो पाया..अब तो मुझे लगता है हमे चुपचाप समय का इंतजार करें और काम पर ध्यान लगाएं, समय के पास सबसे अच्छा हल होता है और समय अच्छा इलाज कोई नहीं कर ही नहीं सकता ,

-उदासी के साथ राधा ने रोहित के हाथों से सामान लिया और चुपचाप रख दिया भीतर, इस बार वो उतावलापन नहीं था उसके भीतर,

थकान तो थी पर रोहित राधा के साथ बाहर डिनर पर जाना चाहता था और राधा बिना आर्ग्युमेंट किये चुपचाप साथ हो ली... घर में मन लगता नही आज बस इधर उधर घुमते रहे,

पर ये सच है कि बाहर की ठंडी हवा और चमकती रौशनी बहुत कुछ भुला देती है, मन हल्का हो जाता है चिंता हवा हो जाती है,

बातों के बीच ऐसे खो गये कि दीन-दुनियां की कोई खबर ना रही सामने से आती माल वाहक लॉरी से ऐसे जा भिड़े कि पल भर मे ही सब कुछ हो गया - दोनों सदा के लिए एक हो गये, जीते जी ना सही मर कर ही सही - समय ने कर दिया फैसला..

14_ फरवरी का भंडारा

13 की रात से ही लोग लग जाते है

14 के भंडारे के लिए ...सात साल हो गये इस भंडारे को ...पहली बार सिर्फ परिवार और मित्र ही शामिल थे ....धीरे धीरे इन सात सालों मे तो पूरा शहर ही जुटने लगा..

कोई अनाज की ब्यवस्था करता..

कोई पानी का इंतजाम करता..

कोई पत्तल और सफाई को संभालता..

तो कोई चांदनी का इंतजाम करता ...

बिना शोर शराबा,बिना मन मुटाव इतना बडा आयोजन शांति से चलता रहा है ..

जब हम सामंत सदन रहने गये तो इस तैयारी को देखते रहे जिज्ञासा से..

हमे 6 माह ही हुऐ थे किराए के नये मकान मे आये ..मालिक मकान हमे भी साथ ले गये उस आयोजन मे ....सामंत सदन से चार कदमों की दूरी पर ही है दंतेश्वरी मंदिर वहीं डाली जाती थी चांदनी ., सारे रास्ते हम हंसी मजाक करते रहे ....पर जगदीश जी तो ठहरे गंभीर किस्म के भला क्यो वो हमारी हंसी ठिठोली मे भाग लेंगे ..जल्द ही हम पहुंच गये आयोजन स्थल पर .बहुत भीड थी हमे देख

सभी चुपचाप रास्ता देने को किनारे होते गये ....सारा काम शांति से होता रहा .हम समझ ही नही पाये आखिर बात क्या है ...? ...कोई भी इस बारे मे कुछ कहने को तैयार ही नहीं था कुछ लोगो से जानने कोशिश की थी मैने.

भंडारा समाप्ति तक कोई वापस नही गया घर ..एक सहयोगी के साथ जगदीश जी आऐ और चुपचाप खडे हो गये हाथ जोड कर नमस्कार की मुद्रा मे ..सभी आगंतुक उन्हें नमस्कार करते गये और पंडाल से बाहर जाते गये ...!

हमसे रहा नहीं गया तो आखिर हम पूछ ही बैठे क्या बात है जगदीश जी इतना बडा आयोजन कि पूरा शहर इकट्ठा हुआ और और बिना कुछ कहे बोले

*आये और चले गये ..

एक भरपूर और गंभीर नजर हम पर डाल कर लम्बी ठंडी सांस लेते हुये कहने लगे .

दो दिनों से खराब थी मेरी बेटी की तबियत . शाम को दफ्तर से आकर देखा हालत और नाजुक लगी ..श्रेया दवा लेने मे शुरु से ही लापरवाह है ..उसने अपनी मम्मी की बात भी नहीं मानी ...तब मै ही दवा खाने ले गया

अधेरा छाने लगा था ..शहर मे तब मजनुओं की धरपकड भी चल रही थी ..साथ ही उन्मादी युवा समूह ....इस मामले मे कानून अपने हाथ मे लिए गली गली सडक सडक घूमता और संदिग्धों को खुद ही सजा देना आपना अधिकार समझता . हम दवा खाने से वापस जा रहे थे ...तभी ये उन्मादी टीम आ धमकी ...और लगे

हमसे बेहुदे बेतुके सवाल करने ....वो मानने को तैयार ही नहीं थे कि हम पिता पुत्री हैं ...ये कैसी हवा चल रही है आदर्श के नाम पर ही आदर्शों का हनन किया जा रहा है ..

मेरी बात लगातार अनसुनी करते रहे तब मैने बाईक आगे बढाई ये सोच कर कि इन बेकार की बातो मे ना उलझ कर जल्द घर पहुंचे ...श्रेया को आराम की जरूरत थी ...

कुछ लडके लपक कर पहुंचे और बाईक रोक कर चाबी निकाल कर हमे जाने से रोक लिया ..

बेबस से हो गये हम कोई नजर भी नई आ रहा था जिससे हम सहायता मांग सकें .!

दुबारा मैने अपनी बात जोर से रखी और उनके ना मानने पर श्रेया ने अपनी बात रखनी चाही पर नासाज हालत के कारण वो हांफने लगी और

उसकी नाजुक दशा जो हमारी ताकत बनती वही हमारी कमजोरी बन गयी...

उनमे से एक लडके ने कहा हमको क्या बताएगा बे सच ....।

देख कैसी बुरी हालत कर रखी है लडकी की वो बात भी नई कर पा रही है..

और बिना हमारी सुने ही मुझ पर लाठी से वार करने लगे ...मुझे बचाने मेरी बेटी श्रेया आई सामने और मुझ पर पडने वाली लाठी उसके सिर पर गिरी ..वो पहले ही कमजोर थी इस मजबूत वार को सह नई पाई और जो गिरी तो अस्पताल मे भी नही उठ पायी ..

मै भी बेहोश हो गया था ...कब तक मारते रहे मुझे होश नहीं था ...

*14 फरवरी को वेलेंटाइन डे के विरोध मे कुछ युवा अपनी ताकत आजमा रहे थे.

अनजाने ही हम पिता पुत्री उनकी उन्माद के शिकार हो बैठे ...

ये घटना महिनों तक अखबार की हेडलाईन बनती रही ..रोज ही लोग आते रहे अपनी संवेदना ब्यक्त करने ....ऐसे ही साल बित गया .

हम तो सदमे से उबर ही नही पाये ..बरसी की तैयारी मित्रों ने ही की .इस दुर्घटना की चर्चा बहुत हुई...

बरसी तक पकडे नई जा सके थे अपराधी

हमारे समर्थन मे तो जैसे पूरा शहर

ही एक हो गया था ..

18 माह मे पकडाए वो सभी अपराधी ...उस धटना मे मैने अपना एक पैर और अपनी बेटी खो दी ...और तबसे ही ये बरसी अब

" 14 फरवरी का भंडारा" नाम से हर साल होता है और सभी श्रद्धांजलि देने को आते है ..?

अब तो यही प्रार्थना है कि लोग उन्माद से नहीं बल्कि होश और समझदारी से काम लें

और स तरह किसी परिवार को तबाह ना करे ...

एक दिवस ही सही

हम सभी लेखक और लेखिकाओ ने मिल कर एक वाट्स अप समूह बनाया है ....जिसमें जब भी कोई रचनाकार नया सृजन करता है तो डालता है ....और कोई रचनाकार कहीं किसी आयोजन में सम्मिलित होते है तो भी फोटो के साथ जानकारी डाल देते है ..ऐसे करते करते

फिर अनर्गल बातो का भी शनै:शनै: समावेश हुआ ....मै सोच रही थी कैसबे कहा जाये ....सटीक शब्दों की भी तलाश थी कि सामने वाला आहत ना हो ..तो जिस तरह मैने गौर किया ठीक उसी तरह एक एडमिन महोदया ने भी गौर किया ....कुछ दिनो बाद उन्होंने लिखा " ये केवल साहित्य सामग्री का पटल है अनर्गल समाचारों के लिए अन्य पटल पर जायें अन्यथा मुझे आपको रिमूव करना पडेगा ...इस तरह की हरकत हमें सह्य नहीं है .....मुझे भी लग ही रहा था कि ऐसा नहीं होना चाहिए ....मैने अंकित किया ...हां मैडम मै भी यही सोच रही थी कि इस तरह की सामग्री इस पटल के योग्य नहीं है ....आपने ठीक ही कहा .....

अब सामने वाले को मैडम की बात नई चुभी ....मेंरीबात चुभ गयी ..जैसी बेतुकी उनकी सामग्री थी पटल पर उससे कहीं अधिक बेहूदी उनकी बातें थी मेरे लिए ...मुझे अचंभा हुआ,अत्यंत दुख हुआ उनकी बातों से .....विरोध करना था तो समान रूप से दोनों का करना था ...बुरी लगी बाते तो मुझसे कठोर तो उन मैडम के शब्द थे ....

इस विवाद के मध्य ही महिला दिवस के लिए रचना की तैयारी भी चल रही थी उनकी वो महिला के सम्मान पर ,अधिकार पर,जागरूकता पर,शोषण पर ....धैर्य पर ,सहनशीलता पर .. साथी यह ला मित्र से सलाह भी लेती चल रही थी और मेरे विरूद्ध स्वर्णाक्षर भी अंकित करते जाते थे ....मुझे लगता है ओढी हुई रचनाशीलता और इश्वर प्रदत्त सृजन क्षमता मे बहुत ही औतर होता है ....जो जन्मजात विशेष ता है वो सदैव विजित ही रहती है इस तरह की तुनक मिजाजी नहीं होती है उन में .....उन्हें दीगर बातो से कोई सारोकार नहीं रहता .....खैर भरपूर तैयारी के साथ सभी महिला ध वस के आयोजन में सम्मिलित हुए ....वैसे इस घटना से मेरा मनमस्तिष्क कुंद पड गया था ....कुछ भी लिखने की दशा में नहीं थी पर बुलावा था सो कुछ तो लिखना था ....

सभी बहुत लम्बे और सुंदर रचना , गीत ,कविता ,लेख,निबंध जैसी सामग्री प्रस्तुत करते रहे ....मैने भी अपनी कविता पढी ......!

म साफ देख भी रही थी और महसूस भी कर रही थी मंच पर मेरी उपस्थिति उन्हें असह्य थी ....मन में कुछ और हो और समक्ष में कुछ और हो ....ये तो मेरे प्रकृति के अनुरुप नहीं है उनने महिलाओं के लिए बहुत ही सम्मान बातें उकेरी थी ...मार्मिक शब्दों को सम्मिलित किया था ....लम्बाई भी अधिक थी......पसंद भी बहुतो को आई थी ...मै सोच मे पड गयी कि एक तरफ तो एक महिला का इतना तिरस्कार और दूसरी तरफ उनके लिए इतनी करूणा ,इतना सम्मान कैसे ला सकता है. है कोई ...मुझे लगा शायद यही है अच्छे साहित्य कार के गुण .....पर प्रकृति क्या चाहती है किस्मत और हमारे कर्म क्या परिणाम लाते है हममें से कोई नई जानता

...बहरहाल कार्यक्रम के समाप्ति पर मेरी कविता को पुरस्कृत किया गया ....इस परिणाम की तो

हम दोनो ने ही कल्पना नहीं की थी ....मै बिना कुछ कहे ही उस वाट्स अप ग्रुप से एक्सिट कर गयी ....मुझे नई रहना ऐसे दो मुहे लोगो के मध्य .... !

बाल कथा

गांव से बाहर एक पुरानी सी झोपड़ी थी ....रोहित वहीं अपनी मां के साथ रहता था सदियों पुरानी बात है ...तब मोटर गाडियो की तो कल्पना भी नई की थी किसी ने .

बहुत धनी लोग घोडा गाडी रखते थे ...और सामान्य जनता बैल गाडी रखती और गरीब लोग पैदल ही काम चलाते ...

रोहित गरीब था..पिता की तरह वो भी जंगल से लकडियां काट कर शहर मे बेचता और रसोई का सौदा खरीद कर आता शाम तक...पसीने से तर ब तर ...तब कहीं भोजन बन पाता ...और थोडा सा भोजन सुबह के लिए भी रखना पडता था...!

आसमान से गिरी बीजली की चपेट में आ कर रोहित के पिता चल बसी थे दो साल हुए ...तब से रोहित ही रोटी नमक साग

का इंतजाम करता था...

ऐसे ही एक दिन जब रोहित शहर से घर को वापस आ रहा था तो उसने देखा ....खून से लथ पथ एक हंस पडा है उसकी छटपटाहट से इतना तो मालूम होस गया था कि अभी जिंदा है ..

रोहित उसे अपने गमछे में अच्छी तरह से लपेट कर घर ले आया ...

मां बेटे दोंनो उसकी सेवा और देखभाल में लग गये .. कुछ ही दिनों में हंस स्वस्थ हो गया ...इतने ही दिनो में वो इस घर से ऐसे

हिल मिल गया कि जैसे ये उस घर का ही सदस्य हो ..कही उड के बैठना .

किसी पर भी चोंच मारना और मस्ती में अपने बडे बडे पंख फडफडाना ये सब देख देख कर रोहित और उसकी मां खुश होते .

जाने कैसे मौसम बिगड गया और बेसमय बारिश होने लगी अब क्या हो भोजन की व्यवस्था कैसे हो ...दोनों ही सोच में बैठे रहे ..अब आज भूखे ही रहना होगा .... परंतु दूसरे दिन भी बरसात होती रही ...अब तो लकडियां और भी कम बिकेंगी गीली जो हो गयी बरसात में ...

हंस अंदर ही अंदर समझ रहा था सब ...अब समय आ गया है बदला चुकाने का ...इन लोगो ने मेरी जान बचाई अब मै इन्हें भूखा कैसे रहने दूं....कुछ सोच कर वो उड चला...बारिश के कारण पंख भिगने लगे अब तो उडने में बहुत परेशानी हो रहे थी ..पर आराम का समय नई था ... सफर लम्बा था पर किसी तरह जोर लगाते .,उडते ..एक दिन और एक रात की यात्रा के बाद हंस जब वापस आया .और मां के पास जा के लाड दिखाने लगा .... तभी रोहित चौक पडा .... मा ये देख ...इसके पंजो में ये क्या है ...

दोनों ने देखा , परखा और फिर एक दूसरे को देख कर मुस्काने लगे ये तो सोने की मुहर है दोनों पंजो में एक एक मुहर ,..

परसों से बुझे चुल्हे से एक कोयले के टुकडे को चोंच से उठाकर हंस जमीन कुछ लिखने लगा ...बडे ध्यान से देखने लगे दोनों मां बेटे ... फिर पढ कर खुश हो गये ..हंस ने जमीन पर लिखा ...

"ये सोने की मुहर मै तुम्हारे लिए ही लाया हूं ये मेरे है पर मेरे किसी काम के नहीं अब ये तुम्हारे काम के है .. शहर जा कर जौहरी के पास बेच दो और रसोई का सामान ले आओ ...दो दिनो से कुछ नई पका है घर में . .

और फिर रोहित ने हंस को गले से लगा लिया ...

जिंदगी में पहली बार इतने पैसे आये थे हाथ में ...

सबसे पहले रोहित मंदिर जा के ईश्वर का धन्यवाद बोल आया...

रसोई का समान इस बार दुगना ले लिया ..मां के लिए नई साडी और अपने लिए धोती ...खरीद लिया ..सोचा क्यों ना आज मिठाई भी लेता चलूं ..बहुत तरह की मीठाईया ले ली थोडी थोडी ..हलवाई के यहां दूध उबलता देख उसे भी एक छोटी मटकी में ले लिया...

माँ भी बहुत खुश थी आज... अपनी अब तक की जिंदगी में उसने इतना सब कुछ देखना तो दूर सोचा भी नई था .,रोहित ने कहा मा देख मै ये दूध भी लाया हूं ले अपने हाथो से पिला दे हंस को फिर हम भी खाने बैठते है मै परोसता हूं तब तक ..

और इस तरह उनके दिन बदल गये ...

माह दो माह में हंस मोहरे लाता...अब तो रोहित और उसकी मां इकार करते पर हंस सुनता ही नहीं था ..एक दिन हंस जब वापस आया तो उसने अपने विषय में सब कुछ बता दिया .

.उसे ऐसा करने के लिए उसकी रानी ने कहा था ...." मै फूल नगर का राजा हूं ,मेरी रानी बडी रूपसी है , उसकी सुंदरता पर पहाडी के पार रहने वाला जादूगर मोहित हो गया और एक दिन छल से रानी को उठा ले गया ..अपने सैनिकों के साथ छुडाने गया रानी को तो उसने मुझे हंस बना दिया और सभी सैनिकों डरा के वापस भेज दिया . सैनिकों ने मंत्री और सेनापति की अगुवाई में बहुत बार उस पर चढाई की पर वो युद्ध करता तो हम जीत जाते लेकिन वो तो अपने जादू के उपयोग से सभी को हराता रहता है बार बार ..

उसका जादू तभी खत्म होगा हम पर से जब हम उस तोते के मार देंगे जिसमें उस जादूगर ने अपनी ही जान डाल कर रखी है ...

पर समस्या ये है कि उसने एक जैसै अनेक तोते रखे है एक पंक्ति में हम कैसे पहचानेंगे उसे ... ?"

रोहित ये सब पढ कर सोच में पड गया ..फिर एक दिन हंस की सहायता से रोहित वो जगह देख आया जहां वो जादूगर था और जहां उसने लाईन से तोते बांध रखे थे...,

वापस आ कर उसने मां को बताया कि सभी तोते नकली है बस एक ही तोता असली है मै तोते को मार तो सकता हूं पर डर इस बात का है कि कही तोता जोर जोर से चिल्लाने लगे और जादूगर हमें देख ना ले ... तब उसने कहा मैं रानी से कहुंगा वो जादूगर को बातो में लगा के रखे और कहे कि अब मुझे कैद से आजाद कर दे ... मैं तुम से शादी के लिए तैयार हूं ..तब तक हम अपना काम कर लेंगे ....

फिर रोहित और हंस चल पडे पहाडी की ओर और फिर रानी ने वैसा ही किया ....जादूगर बातों में आ गया और तभी रोहित ने एक ही वार मे तोते को मार डाला .. इधर तोता मरा उधर जादूगर मरा ....

उधर जादूगर मरा इधर उसका जादू खतम हुआ ...हंस का रूप जाता रहा और राजा अपने असली रुप में आ गया ... अब राजा रानी अपने महल में वापस पहुंच गये ...

राजा ने आग्रह से रोहित को अपने महल में रख लिया और अपना व्यक्तिगत सहायक बना लिया ....

इस तरह रोहित के भाग्य ने पलटा खाया ...

शव यात्रा

बेसुध से बैठे रहे सभी,

दिमाग शून्य था किसी के पास कुछ भी नहीं था कहने को,सोचने को ,

समझने को

अंधेरा हो गया कमरे मे पता नहीं लगा कब किसने बिजली जलाई.

उजाला होने पर ही हलचल सी हुई ,

साथी ,परिचित और रिश्तेदार देखने लगे एक दूसरे को लगा कि सभी जैसे बेहोशी से जागे हों

शव यात्रा से वापस आये और सभी निढाल से हो गये... थकान तो थी पर शरीर की नहीं दिल, दिमाग और आत्मा की थी.

कहने को तो बहुत कुछ था पर कोई कुछ कहना ही नहीं चाह रहा था.

कुछ दिन पहले तक तो तारीखों के चक्कर पे चक्कर लगते रहे ...तब लगता था आने वाले समय मे सब ठीक हो जाएगा और आज ये ....मातम..?

कभी कभी लगता है कि नियम कानून होने ही नहीं चाहिए सारा घालमेल इन नियमों की आड़ मे ही होते हैं, नियम तो बनते हैं लोगों की सुविधा और न्याय के लिए पर इसे तोड़ने वाले एक नहीं दस होते हैं

असल मे ये शवयात्रा आज नहीं पांच सालों पहले से ही तैयार कर रखी थी कानून के खिलाड़ियों ने..

परचून की दुकान पे खाता चलता था शर्मा जी का उनके पिता जी के समय से ही ,कुंदन बर्मन और नंदिता शर्मा के दादा राम शर्मा दोनों दोस्त थे और ये दुकान तब डाली गई थी जब कुंदन बर्मन और राम शर्मा 15-16 साल के थे ..मतलब तीन पीढियों से इस दुकान से राशन की खरीदी करते रहे.कहीं -कभी कोई परेशानी नहीं हुई ..पर जब तीसरी पिढ़ी के युवा जब राजनीति मे आए तब कुछ सुलगने सा लगा था..इन परिवारों के बीच कुंदन का नाती छात्र नेता बन गया दिन भर इधर उधर घूमना, सड़कों पर मौज मस्ती करना बस यही काम था..35%- 40 %से कभी उपर आया ही नहीं नम्बर पर फिर भी पढने की ना चिंता और ना लगन बस शैतानी बदमशी...

उधर शर्मा जी प्राईवेट कॉलेज मे बाबू थे सुबह से शाम बस काम से काम और जब कभी समय मिलता मोहल्ले के हनुमान मंदिर मे समय बिताते और कुंदन अपने दुकान मे ब्यस्त रहता.

छोटी सी परचून की दुकान अब करोड़ों का सुपर मार्केट बन गया था.दोनों बेटे सरकारी अधिकारी थे..इधर चप्पल धिस धिस कर पढ़ने वाले,आंखों मे तेल डाल कर पढ़ने वाले गोपाल और गोविंद नौकरी के लिए चक्कर लगा लगा कर आज भी चप्पलें धिस रहे हैं और प्राइवेट स्कूल मे शिक्षक हैं .

जैसे तैसे परिवार चल रहा था.शर्मा परिवार उन्नति की परछाई भी ना देख सकी और बर्मन परिवार हर महीने नया विकास..

राशन का खाता आज भी कुंदन के ही यहां

समय के साथ सब बदल गया .

एक समय था जब कुंदन और राम समय समय पर एक साथ बैठ कर अपनी दोस्ती की क्यारी को ताजा करते रहे पर अब ब्यस्तता आड़े आ गई. समय आड़े आ गया.

छत्र संघ मे आ कर तनु कुछ अधिक ही उड़ने लगा ..सुपर मार्केट मे हेराफेरी भी करने लगा ..

और यही था टर्निंग प्वाइंट..हेराफेरी की आदत बढ़ती गई.

हर महीने राशन का पूरा भुगतान करते रहे शर्मा जी,पर अब उन पर दबाव डालने लगे तनु और उसके भाई ...

हेराफेरी तनु की और इल्जाम राम परिवार पर .एक साल मे तीन तीन बार तगादा ...शर्मा जी उसूल के पक्के थे .समय पर हर किसी का भुगतान करना कभी भूले नहीं ....तगादा के लिए कोई उनके दरवाजे पर ना आ जाऐं इसलिए पहले ही भुगतान करना उन्हें सही लगता. तगादा अपमान लगता उन्हें. पर अभी तो तीसरी बार ये हुआ.. जब सब हिसाऊ लगाया तो सही लगा...फिर घर मे सबसे पूछा कि कुंदन सुपर मार्केट के पैसै दिए गये या नहीं तो पता चला कि बरसों से सात तारीख को देते आऐ हैं पैसे. आज तक नियम नहीं टूटने दिया ...तो फिर ये नौकर क्यों आता है ...बकाया बताने...

फिर आमने सामने बैठकर बातें हुई तो उंगली तनु पर तन गई.. ये बात सहन नहीं कर पाया वो ,उसे लगा ऐसे ही निकल जायेगा पर बात सबके सामने खुल गई... पिता और दादा बहुत नाराज. हुए.

इस घटना के बाद तनु तो जैसे भरा बैठा था,

एक बार फिर तगादा भेजा और अब इसके बाद शर्मा परिवार ने लेनदेन बंद कर दिया .

तनु दोस्तों के बीच बोल बैठा ये सब .. घर की बात घर मे ही रहनी चाहिए कभी भी बाहर नही बोलना चाहिए,

सभी युवा थे नया जोश था जोश जोश मे ऐसी सलाह दे बैठे जिससे सब बिखर गये.. राम कुंदन की बरसों पुरानी दोस्ती सुलगने लगी, मोहल्ले मे तमाशा बन गया ये दोंनो परिवार, तनु ने दोस्तो की सलाह पर शर्मा परिवार पर फर्जी केस कर दिया जतिगत गाली देने का केस ये केस लम्बा चला.. बार बार सुनवाई का बुलावा आता और क्षर बार लगता कि अब फैसला हो जाएगा ,अब न्याय मिल जायेगा, झूठ के पैर नहीं होते आखिर कितनी दूर चल पाएगा.?

जिस समय मे लोग बच्चों के केरियर की चिंता करते हैं उस समय मे कोर्ट कचहरी की चिंता करते ,जिस समय मे बच्चों के लिए रिश्तों की बातें होनी चाहिये थी उस समय मे वकील और तारीख की बातें करते ..बिना कसूर के इतनी भयंकर सजा..लग रहा था देर से ही सही पर अंधेरा जरूर छंटेगा ..निर्दोष को यूं सजा नहीं मिलेगी..न्याय तो होगा जरूर होगा.. न्यायालय मे सभी तो पढ़े लिखे लोग होते हैं..

सजा मिले ऐसा घोर अनर्थ कैसे होने देंगे..?

किसी तरह उम्मीद मे दिन कट रहे थे ...पर एक दिन सूबह के अखबार मे जो समाचार छपा उसे पढ़कर शर्मा जी कै बढ़ा धक्का लगा..और दुखी हो कर सबको ये समाचार बताया कि sc/st एक्ट पास हो गया..अब हम

मे न्याय नहीं मिलेगा.. हमे जेल की सजा मिलेगी ही ...फिर अपने कमरे मज जा कर नुलख थोथा खा गये ...

नहीं बचा पाऐ उन्हें..

ये दुख नहीं झेल पाई बड़ी बेटी आंगन के कुऐं मे कब कूदी कोई नहीं जान पाया... सुबह तैरती हुई लाश ने सबको सहमा के रख दिया..

दोष किसे दें कानून बनाने वाले को या झूठा केस करने वाले को

एक हंसता खिलखिलाता परिवार दुर्नीति की भेंट चढ़ गया

संस्कार

बात तब की है जब हम इलाज के लिए बैल्लूर गये थे,वहां पहुंच कर हम एक रूम लेकर सामान वगैरह सेट करके हॉस्पिटल मे नम्बर लगाने चल दिए,वहां तकरीबन एक घंटा हो गया,लगा काफी देर हो रही है तो मै इनको वहीं बैठा कर ए टी एम से कुछ पैसे निकालने बाहर आ गई ,आस पास,एक दो लोगों से पूछने पर पता लगा पास ही है पेट्रोल पंप के बगल में,रनिंग डिस्टेंट मे ही है एटीएम, सो पैदल ही चल पडी..

वापस आने के समय जो कुछ हुआ मेरे साथ उसकी तो कभी कल्पना ही थी, मै इनकी तबियत के विषय मे सोचती चली जा रही थी फुटपाथ जैसी पैडगरी पर साथ ही खाने पीने वालों का स्टॉल और ठेला भी था बहुत दूर तक,जहां तक नजर जाती इडली दोसा वाले ही नजर आते .

एक बार ऐसा लगा किसी ने मेरी पीठ के बिचो बीच हल्की सी धोल मारी हो ,मै चोंक पडी और जब पलट कर देखा तो सब सामान्य ही था एक दो लोग चल रहे तो थे पर उन्होंने ऐसा किया होगा ,मुझे एहसास नहीं हुआ,

दो कदम चलने पर मुझे लगा मेरे सिर पर किसी ने टपली मारी,इस बार भी पलट कर जायजा ली कुछ भी पता नहीं चला,मै दो पल ठहर कर गौर करने लगी आखिर माजरा क्या है...?

पर कुछ भी असान्य नजर नहीं आया. मै फिर चल पडी,इस बार मैने आंचल अपने गिर्द लपेट लिया .अभी बमुश्किल एक ही कदम आगे बढाई थी कि एक साथ कई वार हो गये मुझ पर कंधों पर,पीठ पर,सिर पर,किसी ने आंचल खींचा,किसी ने पर्स हजारों की भीड़ के बीच ऐसा काम ....? मे खुद को सम्भालती हुई पलट कर देखने लगी पीछे मेरे 12 से 15 वर्ष के कुछ लड़के थे जो मुझे टारगेट बनाऐ हुऐ थे,पहले तो पता ही नही लगने दिया ऊन्होंने,फिर बेशर्मों की तरह सामने आ गये मैने गुस्से मे आकर सवाल किया तो अपनी ही भाषा मे कुछ बोले और एक दूसरे पर उंगली दिखाने लगे ,ना वो मेरी भाषा जानें ना मै उनकी, बोल तो सभी रहे थे पर कोई किसी की समझ नही रहा था,सिवा ईशारों के...तभी मैने अपना रूख कुछ उग्र किया और सड़क पर आ गई,पर वो मेरे इस विरोध का मजा ले कर खलनायकों की तरह हंसते रहे ,मै अपमान की आग से सुलग रही थी एक लड़के पर मेने हाथ उठाना चाहा पर उसने हाथ झटक दिया,तभी एक हिंदी भाषी व्यक्ति ने बीच बचाव किया क्या कर रहे हो तुम्हारी मां के जैसी है इतनी भी शर्म नहीं है ,जाओ भागो यहां से,तभी वहां का एक ठेले वाला भी आ गया उनको उनकी भाषा मे बोल कर जाने को कहने लगा,पर उनको तो मजा लेना था सो डटे रहे मेरा विरोध एक लड़के को सहन नही हुआ शायद ये उनका मुखिया था,उसके हाथ मे बॉल थी ,बार बार जमीन पर बॉल को दचके देता और फिर हाथ मे कैच करता ,ऐसे ही दचके देता हुआ मेरे काफी नजदीक आ गया और कहने लगा...

से सॉरी ,से सॉरी,

भला ये कैसी गुंडागर्दी अपराध कर रहे हो तुम ही और सॉरी भी तुमको ही चाहिए ..?

मैने इंकार मे सिर हिलाया और कहा ..नो ,

उस हिंदी भाषी ब्यक्ति ने कहा ये बहुत ही बडे बत्तमीज हैं,सड़क छाप हैं आप इनसे नही जीत पायेंगी आप चलिए ,

मुझे भी उनकी बातें सही लगी और मै आगे चल पडी पर ये क्या उनमे से एक लड़के ने मेरे पलटते ही सिर पर जोर का थप्पड़ जड़ दिया और मै पलट कर देखुं और कुछ कह पाऊं तब वो तक दौड़ लगा कर भाग गया था ,मै भीतर तक सुलगने लगी अपमान से,,, क्या करूं,क्या करूं यही चलता रहा दिमांग में,

फिर सामने ट्रैफिक पुलिस का एक बंदा दिखाई पडा,मैने अपनी सहायता के लिए उसे सब हाल कह सुनाया सब सुनने के बाद उसने इशारे मे सिर हिलाया कि कुछ समझ नहीं आया,हार कर सिर थाम कर खडी रही कुछ पल .राह की तलाश मे तभी मुझे पुलिस की याद आई

मैने उससे पूछा पुलिस स्टेशन कहां है ,ये बात उसकी समझ मे आई और उसने लेफ्ट राईट कह कह कर जो कुछ बताया इससे पता चल गया ,

मै जाने को बढी तभी इनका फोन आ गया कि डॉक्टर ने हाथ खडे कर दिये चलो वापसी की ट्रेन पकड़नी है...?

मै क्या अपनी हालत बताती उनको, एक लाचार इसान को,जो मेरा पति है अभी तो भाग दौड़ के लायक भी नहीं है,

मै एक अधेड़ महिला ,उस पर ऐसा हमला होना कितने ताज्जुब की बात है,

भला कम उम्र की लड़कियां कैसे बच पाऐंगी..?

इस दुर्घटना के बाद मेरा विचार पक्का हो गया है कि बात सिर्फ और सिर्फ लड़को के संस्कार और इरादो पर ही ये सब डिपेंड करता है...!

उसकी हर दुआ कुबूल हो

हम जगदलपुर मे थे तब की बात है

रायगढ़ बहुत पड़ता है इसलिए दुवाली मे ही जाते थे दादा दादी के घर,होली मे कुभी नही गये,

एक तो दूरी उफर से गर्मी और फि परिक्षा के तारीखों के आ जाने की भी आशंका होती थी .

पर खबर आई कि दादी की तबियत बहुत खराब है ..ठबर से हम सभी घबरा गये, जल्द ही तैयारी करके हम निकल गये

होली जलने मे दो दिन थे,वैसे सुनी हुई खबर मे बेचैनी ,घबराहट और उतावलापन 180 की रफ्तार को भी पिछे छोड़ जाता है. पल भर मे पहुंचने की आकुलता होती है और लगता है समय आगे बढ़ क्यों नही रहा है ..?

बिना पल गवांऐ हम निकल गये

मम्मी,पापा,भाई,बहन और मै

घाटियों का घुमाव भी आज लुभावना नही लग रहा था .

पापा को पहली बार इतना बेकल देख रहे थे हम.

घाट पार होते ही बस पंचर हो गयी ...?

अक्सर ऐसा ही होता है जब जल्दी होती है तभी देरी होने लगती है,

अक्सर ऐसा होता है कि जिस बात का डर होता है वही पल सामने आ जाता है

कह नही सकते उस पल हम लोगों पर क्या गुजरी ..!

बडी मशक्कत और बडी देर के बाद किसी तरह सुबह रायपुर पहुंचे ,वहां एक लॉज ले कर स्नान,भोजन आदि के बाद जैसे ही रेल्वेस्टेशन के लिए निकले बारिश ने भी अपनी यात्रा शुरु कर दी ..पर हमारे पास कहां था समय जो कहीं रुकते क्योकि होली के दिन तक किसी भी हालत मे रायगढ़ पहुंचना ही था क्योकि फिर गाडियां या तो चलती ही नहीं है और अगर चलती भी तो भयंकर के स्तर तक भीड़ रहती ,उधर दादी के तबियत की चिंता भी हमे डुबो रही थी,

ऐसे मे दिमांग भी कुंद हो जाता है सही फैसले की ताकत कहां रह जाती है.

पापा कभी सामान संभालते,कभी हमे संभालते,कभी गाडी की ओर देखते ...!

एक प्राईवेट गाडी करके आराम से और जल्दी ही पहुंचा जा सकता था .... पर होश था कहां ...?

हम भाई बहन दुखी तो थे पर पापा की बेचैनी हमे समझ नहीं आ रही थी ,बिमार ही तो है दादी इसमे इतनी हडबडाहट का क्या मतलब...?बिमार ही तो है दादी वं जा के देख आते और इलाज भी करवा लेते ..! यूं इस तरह सभी को ले के इस सफर का मतलब हमारी समझ से परे था .

खैर भरी बारिश और भारी बारिश के बीच हम रेल्वे स्टेशन पहुंच ही गये वहां पत चला कि रायगढ़ मे दं दिनो से बारिश हो रही है और कुछ ट्रेन रद्द कर दी गयी थी ....कब तो पापा खुद को रोक नहीं सके और दोनों हाथों मे थामे ही बैठ गये हताश -निराश- उदास और फूट फूट कर रोने लगे

हमारे आस पास भीड़ जमा होने लगी मम्मी लगातार ढाढस दे रही थी पर जब ह्रदय का दर्द और दुख बढ़ जाता है तब कानों का काम खत्म हो जाता है बाहर की आवाजें भीतर जाने से कतराने लगती हैं एक दुखी आत्मा ना किसी की बात सुनने के लायक होता है ना किसी की बात समझने के लायक होता है भीड़ को जब हकीकत पता चली तो सहानुभूति की भी बाढ़ सी आ गयी

बात प्लेटफार्म पर फैल गयी कुछ एक सलाह मशविरा के बीच एक सज्जन आगे आए और बोले मैं यहां किसी को छोड़ने आया था रेल मे बैठा कर वापस जा रहा हूं चलिए आपको पहुंचा देता हूं और इससे पहले कि पापा-मम्मी कोई प्रतिक्रिया दे पाते उस सज्जन ने सामान अपने हाथों और कंधों पर उठा लिए और हम चुपचाप उसके पीछे-पीछे चलने लगे ..पापा की अकुलाहट कम होने लगी,चेहरे मे एक शांति का सा भाव आने लगा ..लगभग आधे घंटे तक सभी चुप ही रहे ,फिर आचानक जैसे पापा होश से जागे हों....धन्यवाद दैते हुए बोले अगर आज आप नहीं होते तो शायद मै खुद भी बिमार पड़ जाता ..अब पापा सामान्य होने लगे थै ....एक जगह रुक कर हम सबने नाश्ता किया और सीधे गांव की और रुख किया हमने.

मन ही मन हम सब उस अजनबी को दुआऐं दे रहे थे - कैसे बिना सोचे विचारे वो हमारी सहायता के लिए आगे आया था ...?

आखिर कार दिन भर के सफर के बाद हम पहुंच गये दादी के घर पर ये क्या वहां कुछ लोग बांस से काठी सजा रहे थे....पापा को बात समझ मे आ गयी थी गाडी से गिरते पड़ते उतरे और बोले मां तेरा चेहरा तो देख लेता एक बार और बेहोश हो गये .. सब भीगी आंखों से देखते रह गये ...

तलाक सीरीज की दूसरी कहानी

रोज ही की तरह आज भी रोहित 9 बजे निकल गया दफ्तर के लिए और रोज ही की तरह श्रेया भी अपने कामों मे लग गई उसे घर के कामों से फारिग होते न होते एक बज ही जाते है,

गली वाली मोड़ पर एक ए टी एम है आज भीड़ नहीं थी तो राहुल ने सोचा कुछ पेसे निकाल ले,अधिक नही 4 हजार निकाल कर ,गिन कर,कार्ड जेब मे रख कर,कैंसिल वाला लाल बटन दबा कर बाहर निकल आया,कहीं कोई हादसा ना हो जाऐ इसलिऐ राहुल ये एहतियात जरुर रखता है,

जैसे ही ए टी एम के गेट से बाहर निकला कुछ लोग उसके पिछे लग पड़े सभी ने रुमाल से अपने चेहरे बांध रखे थे,राहुल कांप गया भीतर से अनहोनी की आशंका हो चुकी थी उसे,

अब उसने अपनी रफ्तार बढा़ ली उनसे आनजान बनते हुऐ ऐसी भुमिका की जैसे कि ऑफिस के लिए सरपट जा रहा हो,

भागते -भागते राहुल दिमाग भी दौडा़ता रहा तभी उसकी नजर एक घर पर पडी़ जिसका दरवाजा खुला था,दिमाग की बिजली कौंधी और पल भर मे राहुल उस घर के भीतर आवाज लगाता हुआ जा घुसा,

दर असल थोडी़ देर पहले ही रोहित घर से निकला और श्रेया किवाड़ बंद कर नही पाई थी,वैसे ये भी एक असावधानी है घर के दरवाजे सदैव बंद रखने मे ही भलाई है,

राहुल अपनी पत्नी का नाम पुकिरता हुआ भीतर गया था- ममता...ममता ,

श्रेया को बाहर कुछ आवाज सी आई ,तब हाथों का काम छोड़ कर भागती सी बाहर आई उसने देखा कि एक अजनबी उसके घर मे घुस आया है सैल्समेन तो आते ही रहते हैं सेल्समेन समझ कर उसे बाहर का रास्ता दिखाती तभी उसने अजनबी की थाह ले ली कि ये सेल्समेन नहीं है,उसे यूं घर के भीतर देख कर वो भी डर गई - गुस्से मे,घबराहट मे,डर मे एक साथ बहुत सारे सवाल करने लगी और साथ ही साथ अजनबी राहुल को घर से बाहर खदेड़ने के लिए डपटने लगी,

इधर राहुल ईशारों मे चुप रहने को कहता रहा, माफी वाली मुद्रा मे कान पकड़ कर इशारे करता रहा पल भर मे बहुत कुछ हो गया ,

जब श्रेया की घबडा़हट बढ़ने लगी और वो शोर मचाने ही वाली थी तभी राहुल करीब आकर श्रेया के मुंह पर अपने हिथ रख देता है और ध4मी आवाज मे सारा वाकया कह सुनाता है,

परिस्थिति की गंभीरता समझ कर शांत हो गई फिर अजनबी राहुल को सोफे पर बैठने को कह कर भीतर से एक गिलास ठंडा पानी का ले आई और राहुल को थमाती हुई सामान्य लहजे मे आकर परिचय लेने लगी,

फिर श्रेया ने कहा आप पानी पी कर थोडी़ राहत ले लीजिऐ तब तक बाहर भी सब ठीक हो जाऐगा,

फिर उसने कहा आप ठहरिऐ मै बाहर का जायजा लेती हूं तब तक आप पुलिस को फोन लगा लीजिए

उधर रोहित ने देखा मेट्रो- पास नही है घर पर ही छुट गया है,

वो वापस घर की ओर बढ़ चला ,दूर से रोहित ने देखा श्रेया किवाड़ से सिर बिहर निकाल कर इधर- उधर देख रही है, जैसे कोई जायजा ले रही हो और फिर झट से भीतर चली गई,

भीतर उसने राहुल को बताया- बाहर कोई नही है अब आप आराम से जा सकते हैं,

साथ ही हिदायत भी दी कि जरा सावधानी से जाऐ,

श्रेया को इस तरह देख कर रोहित भी तेज कदमों से घर की ओर लपका,

दहलीज पर पहुंचते -पहुंचते उसे श्रेया के वो शब्द सुनाई पड़े जिसमे उसने राहुल को हिदायत दे रही थी,

रोहित भीतर जा पाता इससे पहले राहुल बाहर निकल आया ,

सहसा यूं आमने - सामने आ जाने से दोनों पल भर को ठिठक गये,

स्तब्ध हो कर दो पल एक दूसरे को देखते रहे फिर राहुल आदर भाव से नमस्ते कह कर चला गया,

इस बीच खतरनाक कीडा़ रोहित के दीमाग मे पनप चुका था,

बैठक मे ही बैठ कर श्रेया ने सब कुछ बताया,घटनाक्रम यथावत रख दिया पर वो जो कीडा़ पनपा था उसने रोहित के दिमाग के सभझ की नस ही कुतर डाली थी तब तक,

रोहित समझने को तैयिर ही नहीं था ,माने भी कैसे जो कुछ उसने अपनी आंखों से देखा था वो झुठला कैसे सकता है,

बहलाने की कोशिश कर रही है ये साफ नझर आ रहा है- ये रोहित के विचार हैं ,

रोज ही कड़वाहट परोसता ,

थक गई सुनते झेलते आखिर श्रेया भी रण-चंडी का आवतार हो चुकी थी,गलती की ही नही तो डरने या झुकने का सवाल ही नही बनता,

दिन हफ्ते मे बदल गये,जुबान की कड़वाहट एक चम्मच से बढ़ कर एक कटोरी भर हो गई ,हफ्ते महिनों मे बदल गये जुबान की कड़वाहट कटोरी से बढ़ कर थाली भर हो गई,

माह साल मे बदल गया,जुबान की कड़वाहट थाली से बढ़ कर बाल्टी भर हो गयी,

अंत मे राहुल ने श्रेया को तलाक का नोटिस भिजवा ही दिया,

एक छत के नीचे अजनबियों सा बिता इनका तलाक से पहले का दिन -एक अजनबी के कदम ने इन्हें भी आपस मे सदा के लिए अजनबी बना दिया..!

सासू माँ

संसार की सभी सासू मांओं के पास अच्छा -खासा अनुभव रहता है, हर तरह की बातों की अनूठी समझ होती है उनको और उनमें ये भी खूबी रहती है कि हर नियम को अपने हिसाब से कब और कैसे तोडा़ -बदला जा सके,

हर लड़की को ससुराल जाने से पहले अच्छी सीख दी जाती है-सास को मां समझना,हर बात मानना,कभी उंची आवाज में बात मत करना,

आज नया जमाना है पर सास और उसके तेवर वही हैं,

बहु पर दबाव बनाना जरूरी है ये बात सास के कानों मे कुछ शुभ चिंतकों द्वारा पहले ही से डाल दी जाती है,

नईबहु आई और उस पर शामत आनी शुरू हो जाती है,

पहली सुबह जब पहली रसोई बनानी हो तो सास यही चाहती है कि सब कुछ बिगड़ जाय,मन ही मन दुआ करती है किसी भी पकवान मे स्वाद ना हो,

सुनीता की सास ने भी वही किया

और छिप -छिपा कर खुद ही किसी मे नमक, किसी मे मिर्च, किसी मे चीनी खूब -खूब सी डाल आई,

और हुआ वही जो होना था, बहु की छाप सही नहीं बनी लोगों के बीच, सासु मां की बांछें खिल गयीं,

अभी नयी-नयी बहु है,

ऐसे मे मेहमानों के भी आने का सिलसिला चलता रहता है,

यहां भी आने लगे,

-सुनीता जा बेटा कुछ चाय-नाश्ते का इंतजाम कर,

-हां अभी लाई कहती हुई सुनीती उठ कर भीतर चली गई,

-कुछ देर मे सुनीता की सास पानी लाने के बहाने से अंदर चली जाती है,

-सुनीता बेटा कब से लगी है जा आराम कर ले मै देख लेती हूं यहां सब,

-नही मां मै ले आती हूं कितनी देर लगेगी चाय ही तो बनानी है,

-हां वही तो कह रही हूं चाय की ही तो बात है, जा सुबह से लगी है दोपहर हो आई, शाम को फिर लगना है काम पर चार पल आराम नहीं करेगी तो कैसे बनेगा, कहीं तबियत उंच-नीच हो गई तो लम्बा आराम लगेगा उससे कहीं अच्छा है सुस्ता ले जरा,

-ठीक है मां आप कहती हो तो मान लेती हूं ये कह कर सुनीता अपने कमरे मे जा कर सो गई, सोच रही थी मायके में लोग कितना समझाया करते थे, सिखाया करते थे सास के नाम पर,

पर मेरा भाग अच्छा है जो मुझे सही सासु मिली,

-सुनीता की सास पानी और नाश्ते की ट्रे लेकर आई और मेहमानों के सामने रख कर साथ ही बैठ गई,

बीच - बीच मे हल्की सी आवाज लगाती बेटा सुनीता चाय ले आ, सुनीता चाय मे कितनी देर है, बेटा चाय मे भला चाय मे कहीं इतनी देर लगती है बच्चे,

आवाज मे इतना कंट्रोल था कि सुनीता को कमरे मे सुनाई ना पड़े,

-मेहमानों को कुछ महसुस हुआ और वो रहने दीजिए कहते हुए उठ गए,

- हे हे हे जी आपको जाना भी है और देर हो रही है,

हाथ जोड़ कर नमस्ते करते हुए सुनीता की सास ने कहा ठीक है जी आप जाना चाहते हैं तो कोई बात नहीं, फिर आईयेगा...!

और इस तरह ये कमाल की छवि बनी सुनीता की मेहमान को लगा कि बहु चाय नहीं बनाना चाहती, बड़ी अहंकारी बहु है -ऐसी खराब छवि बनाने मे सफल रही सुनीता की सास

-कुछ दिनों बाद फिर एक और अतिथि देवो भवः का आगमन हुआ,

सभी ने साथ घुमने जाने का प्लान बनाया नयी गाड़ी थी सो खुशी भी दुगनी थी,

सुनीता की सास गाड़ी की चाबी को छिपा देती है और सुनीता से चाबी मांगती है वो भी सबके सामने-बेटा सुनीता गाड़ी की चाबी देना जरा हम थोड़ा नीलिमा के घर तक हो आयें रात तक आ जायेंगे वापस खाना बना लेना कुछ अच्छा सा बना के रखना यहीं आ कर खायेंगे,

-यहां, वहां, उपर, नीचे, पीछे सामने भाग -भाग कर चाबी ढूंढती है, भला मिले भी तो कैसे,

जिस चाबी को आसमान खा गया हो, धरती निगल गई हो भला वो चाबी कहां मिलने वाली है,

-रहने दीजिए फिर कभी चले जायेंगे,

-अरे ऐसे कैसे प्लान कैंसिल कर दें.. नीलिमा को फोन कर चुके हैं वो वहां वेट कर रही है, पड़ोस वाले दुबे जी की गाड़ी मांगी गई रात तक के लिए और फिर सब निकल पड़े मौज-मस्ती के लिए,

-खाली घर में सुनीता चाबी की तलाश भी करती जाती और शाम के खाने की तैयारी भी करती जाती,

सोच मे पड़ गई आखिर चाबी गई तो गई कहां,

-स्टार्टर,मेन कोर्स, डिजर्ट, मसाला वेलकम ड्रिंग्स सब कुछ मिला के 17-18 आईटम बनाये थे सुनीता ने, पर लोगो का मुंह तो पहले ही कड़वा हो चुका था, खाने मे स्वाद कैसे मिल पाता,

पर तब तक अतिथि देवो भवः को अंदाजा लग चुका था कि नयी बहु अपनी गाड़ी पर कुंडली मार कर बैठी है किसी को हाथ भी

नहीं लगाने देगी-ऐसी खराब छवि बनाने मे सफल हो गई सुनीता की सास,

-परिवार के कुछ रिश्ते दार पास के गांव मे रहते हैं बहुत बड़ा - बड़ा परिवार है वहां,

मां की राय सही नहीं है उन लोगों के प्रति, जब भी फुर्सत मे बात चीत का अवसर मिलता उनकी खामियां ही गिनाती और साथ ही साथ ये बताती कि फलां ने किस तरह उन्हें अपमानित किया, किस तरह दुखी किया, किस तरह नुकसान पहुँचाया,

-सुनीता का मन उन बातों को सच मान बैठा और ऐसे मे जब उनका आना होता या उनके घर जाना होता तब सुनीता के ब्यवहार मे पूर्वाग्रह आ जाता, वो सहज -सामान्य नहीं रह पाती,

लोग समझते कि रंजन की पत्नी बड़ी अहंकारी और अव्यवहारिक है,

क्या आपकी सास भी ऐसी ही है,

होली मिलन

श्रेया और रोहित अभी अभी शिफ्ट किये शिवधारी कॉलोनी में

सामने के मकान मे से हमेशा तामसी भोजन की गंध आती थी ...एक हफ्ते मे ही तंग आ गये ये लोग...शुद्ध शाकाहारी जो थे ये लोग, दवे-गुजराती ब्राम्तहण

तामसी भोजन के गंध से ही मितली सी होने लगती - पर कर भी क्या सकते थे .. अभी ही आये और अभी ही नयी जगह की तलाश शुरु करनी पडेगी ..!

पता नही ये लोग इंसान हो के राक्षसों जैसा भोजन कर कैसे लेते हैं

इतनी बदबू दार चीज ,ऐसी भयानक चीज अपने मुंह मे डाल कैसे लेते हैं लोग ...बस यही बड़बडाती रहती ...!

रोहित समझाते समझाते थक गया -- ऐसा मत कहा करो श्रेया कहीं किसी रोज कोई सुन सुना लेगा तो बडी आफत आ जाएगी ..सबका अपना अपना रिवाज होता है सबको उसी हिसाब से रहना और चलना पड़ता है .

तुम अपना देखो दुनिया से क्या मतलब तुमको ..?

ऐसे ही दिन बितते रहे -नयी जगह की तलाश भी चलती रही ,

पर कहते हैं ना हम अपनी चाल चलते हैं और समय अपनी चाल चलता है..

श्रेया नादानी मे जाने और क्या क्या बकवास करती रहती और रोहित समझाता रहा ..!

क्रिसमस और नये वर्ष की बधाई देने जब सामने वाले पडोसी आए तो रूखी सी मुस्कान के साथ विदा कर दिया कोई आव भगत नहीं ,कोई जलपान नहीं .

ये वो दौर था जब छाता गैंग अपना आतंक मचाए हुए थे .

काले रंग के छाते के पिछे छिप कर चोरी को आंजाम देते काले कपडे पहना करते थे ,इस तरह अंधेरे मे गायब हो जाते और यही कारण है कि अब तक पकडे जाने से बचे रहे .

रात को हवा भी चलती तो लोग चौंक उठते - कहीं छाता गैंग तो नहीं आ गया ..!

होली वाले दिन सभी त्योहार के उमंग मे खोये थे,भांग और ठंडाई का सुरुर कुछ ऐसा छाया कि पता ही नही चला ऐसी गहरी नींद ने आ घेरा !

रात छाते वाले गैंग ने हमला कर दिया कॉलोनी में एक साथ कई घरों में घुस गये उसके सदस्य जहां जो हाथ लगा,जितना हाथ लगा समेटने लगे ..श्रेया और रोहित के घर भी सामने वाले घर मे भी,

परिस्थिति कब कहां कैसी करवट बदल ले इंसान कहां जान पाता है .

श्रेया को कुछ आवाजे सुनाई पडी गौर से सुनने की कोशिश की ,आहिस्ते आहिस्ते जा कर देखा तो सन्न रह गयी,उल्टे कदम वापस आई और पिछे की बालकनी से जोर जोर से चिल्ला-चिल्ला कर सहायता के लिए आवाज लगाने लगी ,खतरे का आभास तो अच्छे से अच्छा नशा उतार देता है,गहरी से गहरी नींद खत्म कर देता है और तहां भी वही हुआ,आवाज एक बालकनी से अगली बालकनी को पहुंची,एक छत से अगली छत को पहुंची.सभी जाग गये सब जानते गये कि चोरी उनके यहां भी हुई है,अब सभी भौचक्के से इस कमरे से उस कमरे भागने लगे, फिर आवाज सुन कर कुछ एक लोग श्रेया के घर की और दोड़ते आए ,कुछ लोगों,ने पुलिस को भी फोन कर दिया था,

छाता गैंग किसी तरह से पकड़ मे आये - ये सोच सभी फौजघ मुद्रा मे आ गये .. .सामने वाला पडोसी छत मे से छलांग लगा के श्रजया के घर मे दाखिल होकर चोर को घेरने मे सफल हुआ, श्रेया,रोहित और वो पडोसी तीनों ने मिल कर दो चोरों को धरने मे कामयाबी हासिल की और कुर्सी मे बाध कर पुलिस को फोन भी कर दिया ,

सभी एक हो कर छाता गैंग के सदस्यों से मोर्चा लेने लगे ,इस घर से उस घर ,इस छत से उस छत,इस गली से उस गली कॉलोनी उस दिन युद्ध का मैदान बनी हुई थी ...पता ही नहीं चला कौन क्रिश्चियन है कौन ब्राम्हण,कौन मुस्लिम है कौन

मुस्लिम ...?

एकता ने फिर अपना दम दिखा दिया ...4 बदमाश पकडाए सारी रात निकल गयी हम उन्हे कुर्सियों ब

मे बैठा कर रस्सियों से बांध कर पुलिस का इंतजार करते रहे

सुबह पुलिस आई और तब हम सबकी जान मे जान आई ..

होली के इंद्रधनुषी रंगों की तरह आज कॉलोनी के सभी अलग अलग लोग एक हो गये थै ..श्रेया के भीतर ग्लानि की धारा बहने लगी थी -- अपनी ग्लानि को कुछ कम करने के लिए एक प्लेट मे गुझिया ले कर आई और सामने वाले क्रिश्चियन फैमली खिलाती हुई अपनी गलती की क्षमा भी मांगती रही,

आज की होली उमर भर याद रहेगी

थोडी देर पहले ऐसा लग रहा था अब सब खत्म ही हो जाएगा .....समय ने सही करवक ली ,एकता ने फिर परचम लहरा दिया है,

आज की घटना से दो बातें स्पष्ट हुई एक तो अब छाता गैंग शायद खत्म हो जाए और दूसरी ये कि खान पान अलग हो सकते हैं पर इंसानियत तो एक ही होती है,

कहां तो जान के लाले पडे थे और कहां ये खुशी हासिल हुई पूरी कॉलोनी एक परिवार की तरह जमा हो गयी थी एक बार फिर से जलपान का दौर चल निकला सभी घरों से प्लेटें आने लगी गुझिया मालपुआ भांग बर्फी और जाने क्या क्या...

ये होली तो यादगार होली रहेगी

ख्वाहिशों का चांद

सूरत के फरसाण के बड़े ब्यापारी का घर -पर बेटी की अपने घर सपने को पूरा करने की बात कर रही है,

-किंजल-पापा मने ड्रेस डिजाइन बनवुं छे..

पापा-हुं मारा छोकरियो ने दर्जी नथी बनानवा मांगतो

-लखनऊ मे फूलों के एक बड़े ब्यापारी का घर-बेटी अपने सपने को पूरा करने की बात कर रही है

रागिनी-पापा हमके बाईक रेसर बने के बा,

पापा-हमनी मिडिल क्लास बानी, हमनी के अपन बेटी के ससुराल बिदा करे के बा ई सब़ बकैती हमनी घर ना चली,

-कलकत्ता के रेस्टोरेन्ट के मालिक का घर -बेटी अपने सपने को पूरा करने की बात कर रही है,

संगीता-आमी पहलवान हो बाबा

बाबा-आमरा मिडिल क्लास मानुष, आमरा मेय देर के परेर घरेर धन मोने करी, आमा दे ऐ सब सजे ना,

चंडीगढ़ -दा जी मैनु एयर होस्टेस बनना सी,

-दा जी--देख पुत्तर हम ठेहरे मिडिल क्लास वाले

रब दी सौ लोग तरह-तरह की गल करेगे, तूरहम कर पुत्तर ऐसी गल ना कर कुडी,

- लाडली हॉस्टल

मे आज नयी मेहमान आई है-

रागिनी कमरे मे सामान जमा कर मैनेजर से बात भी कर आई ,

-सर कहीं कोई जॉब लगवा देंगें क्या मुझे काम की जरूरत है अगर आप कुछ सहयोग कर दें तो मेहरबानी होगी, यहां का किराया और खाने- वाने का इंतजाम करना भी सरल हो जाएगा,

इसी तरह आये दिन कोई ना कोई महत्वाकांक्षी लड़कियां यहां सहारा लेने आती- जाती रहती हैं,

40-साल हो गये हैं लाड़ली हॉस्टल को, हर साल इसका भी सालगिरह मानते हैं.

-बस वही खुशी का समय होता है एक हफ्ते का ,

जब सालगिरह के कार्यक्रम की तैयारी शुरू होती है ,

प्रोग्राम के बाद तो सब कुछ वही सुखा-सुखा, रूखा-रूखा सा रहता है,

सभी कलियों की तरह खिलना चाहती हैं,

सभी तितलियों की तरह ईठलाना चाहती हैं,

सभी चिड़ियों की तरह पंख खोल कर अपने पूरे जोश के साथ आसमान नापना चाहती हैं,

पर हर सुनहरे सपने घर पर है टूट जाते हैं,

हर महत्वाकांक्षा घर पर ही दम तोड़ देती है,

हर मध्यम परिवार की बेटी इसी तरह घुटन भरी ज़िन्दगी जीती है,

-सपने -चूर होते हैं

शौक- खत्म करने होते हैं

इच्छा -मारनी पड़ती है

बेमन से जीना पड़ता है,

-एक बात और आती है मन में

कि अगर समाज मे शादी का कॉन्सेप्ट ना होता तो किसी के भी जागी आंखों वाले सपने कभी बीच राह दम ना तोड़ते,

-फिर दूसरी बात भी आती है मन मे कि जिनकी जागी आंखों मे सपने नहीं होते, कोई महत्वाकांक्षा नहीं होती उनके लिए शादी ही सबसे बड़ी मंजिल होती है,

पर ये क्यों नहीं करते समाज के लोग कि किसी भी बात के लिए दबाव ना बनाते, किसी भी बात के लिए बाध्य ना करते,

जिसकी शादी नहीं हो पाती लोग उन्हें सहज स्विकार कर लेते,पर क्यों नहीं करते..?

लोग समय बे समय उन्हें अपराधी समझने की फितरत ना पालते..?

तो आज समाज का रूप कितना सुंदर होता,

-दीदी बाहर आफिस मे कोई आया है,शायद फिर कोई सहेली आई है टूटे सपनों के मातम मनाने,

मरी हुई महत्वाकांक्षा की लाश ढोने,

चलिये रजिस्टर मे एंट्री करनी है,

-नमस्ते

-नमस्ते

-आपका नाम..

-नीलांगना

-कहां से आई हैं आप

-नैनीताल से,मैडम एक

रिक्वेशट है, बस इससे आगे अगर जरूरी ना हो तो ....!

-ठीक है कोई बात नहीं, इतना ही ठीक है, अभी तो नहीं पर आगे कभी जब जरूरत पड़ी तो आई डी प्रूफ दिखानी पड़ सकती है, फिलहाल इतना चलेगा ,

-रात को बेचैनी मे करवट बदलती रही, नया शहर,नया बिस्तर, नये लोग नींद आ भी कैसे सकती है,

पिछला सब कुछ छोड़ आई बहुत दुर,

पिछे सब छुट गये परायो की तरह ,पिछे सब छुट गया एक खराब सपने की तरह,

रात भी गुजरी किसी तरह

सुबह नाश्ते के समय सबसे मुलाकात हुई पर पहचान तो धीरे से ही होगी,

परिचय के बाद नीलांगना रूम चली गई ,

अभी भी मन मे उधेड़बुन जारी था -घर छोड़ कर सही किया या नहीं,

यहां सही से गुजर बसर ना हो पाई तो,

कहीं मुझे घर वापस जाना पड़ा तो,

तभी शुभांगना आई जो पहले से ही इस कमरे में रहती थी,

-हाय नीलु मै आपको नीलु बोलुं तो चलेगा.. नीलांगना बहुत लम्बा है ना,बाई द वे मेरा नाम शुभांगना है

मैडम ने कहा दोनों का नाम एक सा है जैसे जुड़वां बहनों का होता है इसलिए एक ही रूम में रहो,

-ओके

-एक ही जगह साथ रहने से लगाव हो ही जाता है और आपसी स्नेह भी बढ़ता है, ये सभी लड़कियां देश के कोने-कोने से यहां आती हैं और एक परिवार की तरह रहने लगती हैं, सुख-दुख बांटती हैं,

सपने पूरे करती हैं और फिर एक मायका छोड़े की तरह इस जगह से रोती-रोती विदा होती हैं,

-नीलांगना और शुभांगना घुलमिल कर रहने लगी,

-नीलु आज तो कुछ बताओ ना अपने बारे मे...हमेशा टाल देती हो,

-यहां की सभी लड़कियों के साथ जो हुआ वही सब कुछ तो मुझे भी सहना पडा़ है उसमे नया क्या है बताने को,

-फिर भी कुछ तो होगा बताने को,

- ओके बताती हूं

*पायलेट बनना था मुझे,

उसके लिए शहर से बाहर जाना पड़ेगा ये सुन कर घर मे इजाजत नहीं मिली,लड़की हो ऐसे कैसे भेज दें बाहर,

मैने जब जिद की तो वो भी जिद पर आ गये,

बार-बार मनाती रही पर वो नहीं माने,

उनका कहना है हम मध्यम वर्गीय परिवार के लोग हैं हम इस तरह का फैसला कैसे ले सकते हैं

बेटी को घर से दूर, शहर से दूर कैसे भेज दें,

लोग क्या कहेंगे, समाज हमे क्या कहेगा..?

मै बहुत दिनों तक मनाती रही, समझाती रही पर उन्हें नहीं मानना था, सो नहीं माने, पापा-मम्मी ने कहा ससुराल भेजना हमारा काम है, शौक-सपना-कैरियर सब अपने घर जा के पूरे करना,

मैने परिवार के नाम और मान के आगे हथियार डाल दिया,

शादी कर ली उनके दबाव मे आ कर ,

मन सपनों की दुनिया मे उडा़न भरने लगा, ऐसा महसूस हो रहा था कि सपने चांद की तरह चमकने लगे हैं, जिस तरह एक लाल बिंदी पूरे चेहरे को जगमगा देती है, उसी तरह ये लाल बिंदी मेरी किस्मत को जगमगा देगी, मेरे सपनों का चांद भी पूनम की चांद सा उजाला बिखेर देगा जिंदगी में,

मुझे लगा शायद ससुराल मे मना लूंगी सबको,

इतने बड़े और सम्मान वाले पद के लिए वो कभी मना नहीं करेंगे, बल्कि पूरा साथ देंगे,

पर वहां तो पहले ही दिन से रूखाई, परायापन और हीन भाव बरतना शुरू कर दिये थे,

एक-एक पैसे को तौल -तौल कर उपयोग करते,

हर बात पर ऑब्जेक्शन,

हर बात पर ऑर्ग्युमेंट

लाख बार पूछ ताछ करते,

लाख बार सवाल-जवाब करते

पर कभी भी, किसी काम की इजाजत नहीं देते,

उठना कब है

सोना कब है

पकाना कब है

पकाना क्या है

पकाना कैसे है

जाना कब है

जाना कहां है

हर बात को उनके हिसाब से करना होता था,

वो घुटन, वो दबाव तो मानसिक त्रास, बहुत बढ़ गया तो सब छोड़ के निकल आई उस टॉर्चर लैंड से,

जिस लाल बिंदी को पूनम की चांद की तरह चमकीला समझ रही थी,

उम्मीद को जलाता गया

सपनों को तोड़ता गया

लावा की तरह अस्तित्व को झुलसाता गया,

टुटे हुये सपने टुटे हुए कांच की तरह दिल मे किचमिचाते रहते,

हर पल दर्द, हर पल कसक, हर पल ऐंठन,

जब सहन नहीं हुआ दर्द

मेरे ख्वाबों का चांद जब पिघलता सा महसूस हुआ तब सब कुछ छोड़ आई,

-पडो़स मे इसी तरह के दर्द और तकलीफ को नहीं सह पाने के कारण रजनी ने जहर खा कर दर्द से छुटकारा पा लिया था,

मै भी मरना चाह रही थी ,

पर जब रजनी के मां-पिता को दुख मे छाती पिटते हुए रोते देखी तो मुझे भी अपने मम्मी -पापा याद आ गये आज तक जिस नर्क मे जी रही थी बेशक वो उन्हीं का दिया नर्क था

पर जो दर्द और तकलीफ रजनी के पैरेंट्स ने सहन किया था वो सब नहीं देना चाहती थी मम्मी पापा को,

बस इसलिए घर और शहर छोड़कर आ गई,

रहने की जगह तलाश करते-करते

यहां आ गई तुम सब सहेलियों के पास,

अब सपनों को सच करके ही वापस जाना है,

कोई सीमा नहीं

रवि ने अफ्रीका में बसने का फैसला किया,

पढाई के दौरान ही केनिया और रवि की मित्रता हो गई थी दोनों ने साथ ही काम करने का तय किया,

गांधी जी के आश्रम की वजह से बहुत से हिंदुओं को यहां काम और मान दोनों मिला,

कोयला, लोहा, और कपड़े से जुड़े कुछ कारखाने खड़े कर लिये थे दोनों दोस्तों ने,

अधिकांश कामगार हिंदु ही थे,

केनिया की वाईफ ऐनी और रवि की वाईफ संगीता ने समाज सेवा का बीडा़ उठा लिया था,

हर वर्ष दीवाली और होली मे केनिया -ऐनी रवि के घर आते,

क्रिसमस मे रवि-संगीता केनिया के घर मांरकोस चले जाते,

दूर तो बहुत था पर फिर भी

अपनी ही गाड़ी से जाते,

इस बार भी यही प्लान बना-

खाने-पीने का ढेर सारा सामान और केनिया के परिवार के लिए गिफ्ट भी सहेज कर रखवा दिये

लम्बी राह के बड़े सरंजाम होते हैं, सुबह तड़के ही निकल गये,

सौ-डेढ़ सौ किलो मिटर की दूरी तय करने के बाद अगले मोड़ पर रवि ने देखा सड़क पर कोई पड़ा हुआ है,

पास जा कर देखना भी जरूरी जान पडा़-

एक थकामांदा, कमजोर सा बूढा़ बेहोश हो कर गिरा पड़ा था,

संगीता और रवि ने किसी तरह होश मे लाया,

-बाबा आपको क्या हो गया था,

कहां से आ रहे हैं आप, यहां तो दूर -दूर तक कोई घर नजर ही नहीं आ रहा है.

यहां इतनी दूर कैसे भटक रहे हो आप..?

कुछ बोल नही पा रहा था वो बूढा, बस दोनों का चेहरा देखता रहा ,

कुछ समझ नहीं पा रहा था रवि तो पूछ लिया

बाबा आपको अप जाना है या डाउन...?

अगर इधर जा रहे हो तो हम जाते हैं

अगर इधर जा रहे हो तो हम साथ ले चलें..?

-अब तक कुछ सामान्य हो गया था वो बूढा,

पता नहीं कहां जाना है, यूं ही भटक रहा हूँ -खाना ढूंढ रहा हूँ बस ये पता है,

-रवि और संगीता ने एक दूसरे को दर्द से भर कर देखा ,

- संगीता हमे देर हो जाएगी,

-हां देर हो तो जायेगी पर हम इन्हें यूं ही नहीं छोड़ सकते साथ ले चलते हैं रास्ते में गाड़ी की सीट पर आराम करते, कुछ खाते -पीते ये भी सहज हो जायेंगे,

पार्टी के बाद हम इन्हें संस्था मे भेज देंगे...!

-हां संगीता ये ठीक रहेगा,

इस तरह एक बेसहारे को सहारा मिल जाएगा,

केक का टुकड़ा देने लगी तो उस बूढे ने कहा नहीं -नहीं मै वेजिटियन हूं,

-ओह यहां इस परदेश मे, ईसाईयों के बीच रह कर भी वेजिटेरियन हैं . .!

-बुढे ने कहा हां ठान लें तो सब संभव हो जाता है,

-अच्छा तो फिर लीजिए फल खा लीजिए कुछ ताकत आ जायेगी,काफी कमजोर लग रहे हैं,

वैसे खाना ढूंढ रहे हैं कह रहे थे आप ये क्या माजरा है ..

- किस्मत और समय कब क्या कर गुजरे कोई नहीं जानता,

बस चुपचाप सब कुछ सहना पड़ता है,

-बाबा आप खा लीजिए ये फल और सो जाईये,अच्छा महसूस होगा,

हम पहुंच कर बात करेंगे,

-पहुंचते-पहुंचते रात हो गई, पार्टी की सारी तैयारी हो चुकी थी

केनिया और ऐनी ने उत्साह के साथ उनका स्वागत किया,

बहुत खुशनुमा माहौल था,

एक बुजुर्ग को साथ देख कर अचरज हुआ था पर कुछ पूछना ठीक नहीं लगा सो ऐनी और केनिया चुप रहे

बड़े दिनों बाद हंसी -खुशी रात गुजरी ये सोच रहा था वो बूढा

सुबह नाश्ते पर सब एक साथ बैठे तब रवि ने कहा बाबा आप कुछ बताईये अपने बारे मे जिससे हम आपकी कुछ मदद कर सकें

-हां बेटे जरूर बताउंगा सब इसलिए नहीं कि आप मेरी सहायता करें बल्कि इसलिए कि आगे से किसी बेबस बाप को रोटी के लिए इस तरह सड़कों पर ना भटकना पड़े,आने वाली पीढ़ी सही राह पर चलें अपने बुजुर्गों को इस तरह बेसहारा ना छोड़ दें,

-मेरी बेटी ने मेडिकल किया है बम्बई के सर्जन से उसकी शादी कर दी

-बेटा मेरा यहीं रहता है,

बचपन मे बडा मतलबी था, मै

और उसकी मां -हम दोनों यही सोचते थे कि बडा हो कर सुधर जायेगा, बदल जायेगा,

दिन बितते गये,

उसे फिजिक्स मे रूचि थी,

पढाई मे तेज था
इसीलिए उसकी रूखाई, उसकी बत्तमीजी को हम अनदेखा करते रहे, सोचते रहे कि समय के साथ सब ठीक हो जाएगा,

पर जैसे-जैसे दिन बिते उसका स्वार्थ बढ़ता गया ,

वो अमेरिका मे बसना चाह रहा था, सो उसका सब इंतजाम करवा दिया मैने,

वहां उसकी दोस्ती कैथ से हो गई जो यहां अफ्रीका का ही था उसकी सलाह से दोनों साझेदारी मे यहीं कारोबार करने लगे,

एक बार एक कॉन्फ्रेंस के लिए वो आबोक गया वहां उसे पांच दिनों तक रूकना पडा,

अफ्रीका के दूसरे राज्यों से भी प्रतिभागी आये थे ,

वहां सूडानी गणतंत्र के टाऊडैनी से भी लोग पहुंचे थे जिसमे एक हिंदुस्तानी लड़की भी थी,

मेरे बेटे की दोस्ती हो गई उससे,शादी का वादा कर के वहां से वापस आया और हमे उसने चिट्ठी लिख कर अवगत कराया,

खेद हुआ और दुख भी हुआ,

पर क्या कर सकते थे,

कुछ दिनों मे शादी की तारीख पक्की करके हमे लेने आया,

हम दोनों बूढे खुश हो गये ये सोच कर कि शादी मे हमे शामिल तो कर रहा है,

शादी में सब कुछ अच्छा ,सुधरा और बदला हुआ सा लगा,

दिन गुजरते रहे, आना-जाना चलता रहा,

एक बार उसने कहा पापा अब वहां का कारोबार बेच कर यहीं आ जाईये हम सब साथ रहेंगे,

मुझे भी सब ठीक लगा,

दो साल लगे भारत के फैले काम को खत्म करने और समेटने मे,

उसकी मां और मै फाईनली यहां आ बसे,

सब कुछ बेटे के नाम कर दिया हम यहीं गलती कर बैठे,

अपना -अपना काम करना था, हमे सब कुछ उसके नाम नहीं करना चाहिए था,

थोड़ा ही समय सही से बीता,

फिर उनके असली चेहरे नजर आने लगे, उनके मनसूबे मालूम पड़ने लगे,

कदम-कदम पर रूखाई, तल्खी, बेगानापन परोसने लगे,

उसकी माँ भीतर ही भीतर घुटती रही बेचारी

जब सह ना सकी तो छोड़ गई धरती,

उसका घर और अपना शरीर, दुख मे वही तो सहारा थी मेरी ,

मै तो जैसे अनाथ हो गया उसके जाने से,

एक दिन उसने बताया कि बहुत बड़ा कॉन्फ्रेंस होने वाला है

पूरी दुनिया के लोग शामिल होंगे

एशिया, यूरोप,अमेरिका,आस्ट्रेलिया सभी जगह से प्रतिभागी आ रहे हैं

बोला कि -बहुत लाभ होने वाला है पापा,

बहुत खुश था वो,

जाने की तैयारी मे इतने डूब गए बेटा -बहु कि सब कुछ भूल गए मुझे भी भूल गए,

घर को पूरी तरह लॉक करके चले गए,

टैक्सी मे सामान डालने मे मै भी लगा हुआ था, ध्यान ही नहीं दे पाया कब वो ताला बंद कर गए,पडो़सियों से भी क्या कहता,

मै समझ चुका था कि वो कान्फ्रेंस मे नही गये हैं

सदा के लिए चले गए हैं

चुपचाप यहां से सब बेच कर,अपने आप मे ही बेहद शर्मिंदा महसूस हो रहा था क्या कहता किसी से,

अब तो लगा भीख मांग कर जीना पड़ेगा,

आप सब से मिल कर अच्छा लगा,

भारत से जब सब कुछ समेट रहा था तब मित्रों और रिश्ते दारों ने समझाया भी था कि मै बहुत बड़ी गलती कर रहा हूं ,

पर मै नहीं मान सका उनकी सलाह,

बेटे के प्यार मे सराबोर जो था,

काश तब उनकी सलाह मान लेता,

आज यूं भिखारियों की तरह भटकना तो नहीं पड़ता,

उस बूढ़े को उदास ,निराश, दुखी और हताश देख कर संगीता ने कहा ऐसे कैसे भटकेंगे बाबा हमारी संस्था मे आप रह भी सकते हैं और मैनेजर के पद पर काम भी कर सकते हैं,

सब एक -दूसरे की ओर देखते गए बारी - बारी

और आशा भरी मुस्कान बिखरती गई,

भाग्यवान

खिरगीज मध्य एशिया के विस्तृत पठारों के निकट वर्ती प्रदेशों मे ओबी नदी से लेकर पामीर-पठार ,उत्तर से दक्षिण, फिर पश्चिम मे वोल्गा नदी से लेकर पूर्व में तुर्कमान प्रांत तक फैला हुआ है,

हां खिरगिजियों की ही बात बता रही हूं ,

ये लोग बेहद कठिन भौगोलिक परिस्थिति मे जीने को मजबूर हैं,

वैसे तो आधुनिकता से बहुत दूर रहते हैं हम तो आज दुनिया भर के ऐशोंआराम में भी चैन से नहीं रह पाते, हमेशा एक असंतोष ही पाले रहते हैं पर वो केलव पेट भरने के लिए ही सौ तरह के जतन करते हैं,

एशिया के गहरे अंदर बसा है ये क्षेत्र साथ ही पर्वतों से घिरा हुआ भी है, यहां आर्द्र पवनों का प्रवेश हो नहीं पाता, महासागरों से बहुत दूर जो है सही से फसल उगे भी तो कैसे,

गर्मियों मे ही वर्षा होती है वो भी बेहद कम मात्रा में,

उंचे प्रदेशों मे शीतकाल मे इतनी बर्फ पड़ती है कि इस मौसम मे

पशुओं के लिए चारा भी नहीं मिल पाता,

यही वो समय होता है जब खिरगिज लोग नीचे मैदानी इलाकों पर उतरना पड़ता है, पशुओं को चारा भी चाहिए होता है, मानवों को भी ज्गली उपज मिल जाती है खाने को

कहीं छोटी-मोटी मजदूरी मिल जाती है, कभी -कभी पशुओं को बेचकर भी काम चला लेते हैं,

वैसे नीचे उतरने का प्रमुख कारण ये है कि वहां स्टेपी घास बड़ी मात्रा मे उग आती है और ये पशुओं को खास पसंद आती है और बड़े चाव से खाते हैं, पूरे तंदुरूस्त हो जाते हैं फिर सीजन भर सही से काम करते हैं,

18 सौ से 25 सौ मीटर की उंचाई तक कोंणधारी पेड़ ही भरे हैं,

और फिर 35 सौ मीटर की ऊँचाई मे भी स्टेपी उगती है यहां का मौसम कभी भी इनको स्थाई तौर पर यहां रहने नहीं देता,

अपने और पशुओं के रहने -खाने की समस्या के हल के लिए सदैव एक जगह से दूसरी जगह पर जाना पड़ता है, ये कबीले के रूप सफर करते हैं,

ऐसे ही एक समय एक कबीला अपने पशुओं को लेकर, नीचे की ओर चला आ रहा था, ये अपने साथ सूखा खाना, और कुछ कच्चा अनाज साथ रख कर यात्रा करते हैं,

वो कबीला ढलान मे सतत चल रहा था,

वो समय शीतकाल का था उपरी भागों मे भारी हिमपात चालू थी,

लोगों को पशुचारण मे बडी़ परेशानी होती है,

ढलान में सब बढ़े चल रहे थे,कबीले मे एक बीस साल का नौ जवान निजा भी सफर मे अपने पशुओं को साथ लिये बढ़ रहा था,

निजा कम उमर मे ही समझदारी का भंडार था, कबीले की कोई भी समस्या हो ये अपनी सूझ-बूझ से सुलझा दिया करता,

उसके स्वभाव मे ईमानदारी, चालाकी, दयालुता जैसे बहुत सारे गुण भरे थे,

बचपन से वो इसी तरह उपर से नीचे और नीचे से उपर की ओर सफर करता रहा है,

अभी कुछ ही दूर गये होगे तभी ढलान पर ऐसा फिसला ,ऐसा फिसला कि सीधा नीचे से उपर ही पहुंच गया,

उसके गुण के कारण, उसकी सूझ-बूझ के कारण, युक्ति से समस्याओं के हल निकाल लाने के गुण के कारण कबीले के लोग उसको बहुत मानते थे,

और उसके मरने के बाद लोग उसे अपना भगवान मानने लगे,

करे कोई-भरे कोई

सुरभी कुछ दिनों से देख रही थी कि राघव इन दिनों कुछ बदला हुआ सा है,

कभी गहरे सोच मे पड़ जाता,

कभी देर रात पिछवाड़े जा कर बैठा रहता,

कभी तो बेहद पुरानी बातों को ले बैठता,

-सुरभी -राघव कुछ बात है तो बोल -बता लो मन हल्का हो जाएगा और अगर कोई परेशानी या तकलीफ हो तो समाधान निलाल लेंगे,

- कोई खास बात नहीं है भाभी वैसे अगर जरूरत गुई तो बताऊंगा,

-कॉलेज जाना, दुकान जाना, पढाई करना सब तो ठीक चल रहा है, राघव अपने भाई के साथ दुकान पर भी ठीक ही बर्ताव करता है,

उसको पैसे को लेकर भी कोई दिक्कत नहीं है,

पर आजकल ये कुछ ऊखडा़ -ऊखडा़ क्यों रहता है,

कैसे कभी पूरे घर भर मे बदहवास सा घूमता-फिरता रहता है,

माजरा क्या है कुछ समझ ही नहीं आ रहा, पर मामला कुछ तो है,

अरे राहुल कहां हो आजकल इधर कितने दिन हो गये घर आये हुए, कहां खोये हो भाई...?

राघव का दोस्त राहुल दिख गया सब्जी मार्केट मे,

नमस्ते भाभी कहीं खोया नहीं हूं,

मै तो कबसे चाह रहा था आपसे मिलना, कुछ हुआ है क्या घर मे?

राघव बडा़ खोया हुआ सा रहता है आजकल,

-सुरभी- नहीं तो घर पर तो सब ठीक है, बल्कि मै तो खुद उसके दोस्तों से बात करने वाली थी, अच्छा हुआ जो आज मुलाकात हो गई,

-राहुल-हां भाभी राघव के लिए तो हम सभी दोस्त परेशान है उसकी परेशानी को लेकर क्योंकि |हमारे बीच तो किसी तरह का कुछ मनमुटाव हुआ ही नहीं,

कभी कोई लेन -देन जैसा भी कुछ नहीं सुनाई पड़ा,

-सुरभी-तब तो फिर पता करना पड़ेगा, कहीं कोई नशे -वशे की तो बात नहीं है..!

-राहुल -क्या पता भाभी कुछ कह नही सकते,

पर एक बात बताना है बहुत दिनों से सोच रहा था कैसे बताऊं आज जब आपने बात शुरू की तो फिर बोल सकता हूं -कुछ दिन पहले राघव थाने गया था,

मैने पूछा कुछ हुआ है क्या..? तोबात टाल गया,

-सुरभी-तब तो बात कुछ गंभीर लगती है, चोरी का मामला भी हो सकता है, नशा का मामला भी हो सकता है, लड़की का मामला भी हो सकता है,

-राहुल-भाभी कुछ पुछने से तो वो बता नही रहा है, गुपचुप तरीके पता करना पड़ेगा,

-सुरभी -हां किसी मुसीबत मे है शायद, बचाना तो हमे ही पड़ेगा,

*रात के खाने के बाद सभी सो ने चले गये अपने-अपने कमरे मे, ।

सुरभी लगातार सोच मे है घर मे किसी से कुछ कहे भी तो क्या किसी बात का कोई सबूत है भी तो नहीं, कुछ ठीक नहीं लग रहा था तो कॉफी बनाने रसोई मे गई

सामने की खिड़की खुली रह गई थी
नजर पड़ी तो देखा राघव किसी से बात कर रहा है,

केले के पेड़ की वजह से नजर नहीं आ रहा था कि वो बात किससे कर रहा है,

-अब तो सुरभी से चुप रहना मुश्किल हो गया, सुबह नाश्ते पर सब को बताना ही होगा,

-बात सुन कर सब बड़े सकते मे आ गये,

राघव से सभी ने अपनी तरह से पूछा पर कोई लाभ नही हुआ, अब तो सब पारखी नजर से देखने लगे शायद कोई सुराग लगे

राघव की परेशानी का,

-आज राघव फिर पुलिस थाने गया था भाभी
-क्या...?

एक रात फिर भाभी ने देखा कि पिछवाड़े मे राघव किसी से बात कर रहा है उस दिन की तरह केले के पेड़ की वदह से सामने वाला दिखाई नहीं पड़ा,

आज तो देखना ही पड़ेगा ये सोच कर सुरभी दबे पाँव जाती है सच जानने को कि आखिर किससे ये बात करता है चोरी-छिपे

-बात खत्म करके जैसे ही पलटा सुरभी को अचानक ही सामने पा कर चौंक गया,

-भाभी आप..?
-सुरभी-किससे बात कर रहे थे..?

मैने पहले भी देखा है तुम यहाँ किसी से बात कर रहे थे,
राघव कुछ बता कर भाभी को दुखी नहीं करना चाहता था,

बिना कुछ बोले ही सरपट अपने कमरे मे चला गया,
कई महिने बीत गये कहीं कुछ पता चल ही नहीं रहा था,

राघव के भाई -सुरभी के पति ने पुलिस से ही जानकारी लेना सही समझा,

पर वो इंस्पेक्टर वहां नही था, किसी तफशीस मे गया था,
यहां से भी मायूस लौटना पड़ा,

-इधर राघव अब खुद को रोक नही पा रहा था, उधर घर पर दबाव भी बढ़ रहा था सवाल पर सवाल,

करे तो क्या करे कुछ समझ नहीं आ रहा था, इसी समय भाभी भी आ गई कमरे में और रो-रो कर, दुहाई दे- दे कर राघव से सच जान ही ली,
-राघव- भाभी मैं कुछ समय से

सुनीता से बात करता हूँ वो माफी मांग रही थी कि जो लड़के मुझे छेड़ते थे और जिनके खिलाफ शिकायत की थी जिसमे भाई का भी नाम था

पर उसे बाद मे सब पता चला कि

वो उनका दोस्त था पर कसूरवार नहीं था,

भाभी उसी लड़की की वजह से पिता जी को धक्का लगा था और भैया को कसूरवार समझ कर घर से निकाल दिया था,

क्या बोल रहे हो सुनीता भला तुमसे क्यों मिलेगी भला तुमसे माफी क्यों मांगेगी,

वो तो पता नहीं पर पढाई पूरी करके जब दिल्ली से जब वापस आया तभी से वो मेरे पिछे लगी थी, पहले तो अवाईड करता रहा पर दो माह हुए हैं वो रोज रात मुझसे मिलती है और एक ही बात कहती है कि अपने भैया से माफी दिलवा दो,

पर मै समझ ही पा रहा हूं भैया से इस बारे मे कैसे बात करूं

वो बार -बार आत्म हत्या करने की बात कहती है,और दर्द से भर कर रोने लगती है,

-ये बात सुन कर सुरभी थर-थर कांपने लगी,

पसीने से भीग गई

ऐसा कैसे हो सकता है राघव

उसने तो आत्म हत्या कर ली थी वो भी पांच साल पहले ही,

भटकन

सुरभी कुछ दिनों से देख रही थी कि राघव इन दिनों कुछ बदला हुआ सा है,

कभी गहरे सोच मे पड़ जाता,कभी देर रात पिछवाड़े जा कर बैठा रहता,

कभी तो बेहद पुरानी बातों को ले बैठता,

-सुरभी -राघव कुछ बात है तो बोल -बता लो मन हल्का हो जाएगा और अगर कोई परेशानी या तकलीफ हो तो समाधान निलाल लेंगे,

- कोई खास बात नहीं है भाभी वैसे अगर जरूरत गुई तो बताऊंगा,

-कॉलेज जाना, दुकान जाना, पढाई करना सब तो ठीक चल रहा है, राघव अपने भाई के साथ दुकान पर भी ठीक ही बर्ताव करता है,

उसको पैसे को लेकर भी कोई दिक्कत नहीं है,

पर आजकल ये कुछ ऊखडा़ -ऊखडा़ क्यों रहता है,

कैसे कभी पूरे घर भर मे बदहवास सा घूमता-फिरता रहता है,

माजरा क्या है कुछ समझ ही नहीं आ रहा, पर मामला कुछ तो है,

- अरे राहुल कहां हो आजकल इधर कितने दिन हो गये घर आये हुए, कहां खोये हो भाई...?

राघव का दोस्त राहुल दिख गया सब्जी मार्केट मे,

-नमस्ते भाभी कहीं खोया नहीं हूं,

मै तो कबसे चाह रहा था आपसे मिलना, कुछ हुआ है क्या घर मे?

राघव बडा़ खोया हुआ सा रहता है आजकल,

-सुरभी- नहीं तो घर पर तो सब ठीक है, बल्कि मै तो खुद उसके दोस्तों से बात करने वाली थी, अच्छा हुआ जो आज मुलाकात हो गई,

-राहुल-हां भाभी राघव के लिए तो हम सभी दोस्त परेशान है उसकी परेशानी को लेकर क्योंकि |हमारे बीच तो किसी तरह का कुछ मनमुटाव हुआ ही नहीं,

कभी कोई लेन -देन जैसा भी कुछ नहीं सुनाई पड़ा,

-सुरभी-तब तो फिर पता करना पड़ेगा, कहीं कोई नशे -वशे की तो बात नहीं है..!

-राहुल -क्या पता भाभी कुछ कह नही सकते,

पर एक बात बताना है बहुत दिनों से सोच रहा था कैसे बताऊं आज जब आपने बात शुरू की तो फिर बोल सकता हूं -कुछ दिन पहले राघव थाने गया था,

मैने पूछा कुछ हुआ है क्या..? तोबात टाल गया,

-सुरभी-तब तो बात कुछ गंभीर लगती है, चोरी का मामला भी हो सकता है, नशा का मामला भी हो सकता है, लड़की का मामला भी हो सकता है,

-राहुल-भाभी कुछ पुछने से तो वो बता नही रहा है, गुपचुप तरीके पता करना पड़ेगा,

-सुरभी -हां किसी मुसीबत मे है शायद, बचाना तो हमे ही पड़ेगा,

*रात के खाने के बाद सभी सो ने चले गये अपने-अपने कमरे मे, ।

सुरभी लगातार सोच मे है घर मे किसी से कुछ कहे भी तो क्या किसी बात का कोई सबूत है भी तो नहीं, कुछ ठीक नहीं लग रहा था तो कॉफी बनाने रसोई मे गई,

सामने की खिड़की खुली रह गई थी

नजर पड़ी तो देखा राघव किसी से बात कर रहा है,

केले के पेड़ की वजह से नजर नहीं आ रहा था कि वो बात किससे कर रहा है,

-अब तो सुरभी से चुप रहना मुश्किल हो गया, सुबह नाश्ते पर सब को बताना ही होगा,

-बात सुन कर सब बड़े सकते मे आ गये,

राघव से सभी ने अपनी तरह से पूछा पर कोई लाभ नही हुआ,

अब तो सब पारखी नजर से देखने लगे शायद कोई सुराग लगे

राघव की परेशानी का,

-आज राघव फिर पुलिस थाने गया था भाभी

-क्या...?

-एक रात फिर भाभी ने देखा कि पिछवाड़े मे राघव किसी से बात कर रहा है उस दिन की तरह केले के पेड़ की वदह से सामने वाला दिखाई नहीं पड़ा,

- आज तो देखना ही पड़ेगा ये सोच कर सुरभी दबे पाँव जाती है सच जानने को कि आखिर किससे ये बात करता है चोरी-छिपे,

-बात खत्म करके जैसे ही पलटा सुरभी को अचानक ही सामने पा कर चौंक गया,

-भाभी आप..?

-सुरभी-किससे बात कर रहे थे..?

मैने पहले भी देखा है तुम यहाँ किसी से बात कर रहे थे,

राघव कुछ बता कर भाभी को दुखी नहीं करना चाहता था,

बिना कुछ बोले ही सरपट अपने कमरे मे चला गया,

कई महिने बीत गये कहीं कुछ पता चल ही नहीं रहा था,

राघव के भाई -सुरभी के पति ने पुलिस से ही जानकारी लेना सही समझा,

पर वो इंस्पेक्टर वहां नही था, किसी तफशीस मे गया था,

यहां से भी मायूस लौटना पड़ा,

-इधर राघव अब खुद को रोक नही पा रहा था, उधर घर पर दबाव भी बढ़ रहा था सवाल पर सवाल,

करे तो क्या करे कुछ समझ नहीं आ रहा था, इसी समय भाभी भी आ गई कमरे में और रो-रो कर, दुहाई दे- दे कर राघव से सच जान ही ली,

-राघव- भाभी मैं कुछ समय से

सुनीता से बात करता हूँ वो माफी मांग रही थी कि जो लड़के मुझे छेड़ते थे और जिनके खिलाफ शिकायत की थी जिसमे भाई का भी नाम था

पर उसे बाद मे सब पता चला कि

वो उनका दोस्त था पर कसूरवार नहीं था,

भाभी उसी लड़की की वजह से पिता जी को धक्का लगा था और भैया को कसूरवार समझ कर घर से निकाल दिया था,

क्या बोल रहे हो सुनीता भला तुमसे क्यों मिलेगी भला तुमसे माफी क्यों मांगेगी,

वो तो पता नहीं पर पढाई पूरी करके जब दिल्ली से वापस आया तभी से वो मेरे पिछे लगी थी, पहले तो अवाईड करता रहा पर दो माह हुए हैं वो रोज रात मुझसे मिलती है और एक ही बात कहती है कि अपने भैया से माफी दिलवा दो,

पर मै समझ ही पा रहा हूं भैया से इस बारे मे कैसे बात करूं

-ये बात सुन कर सुरभी थर-थर कांपने लगी,

पसीने से भीग गई -

ऐसा कैसे हो सकता है राघव

उसने तो आत्म हत्या कर ली थी वो भी पांच साल पहले ही,

www.ingramcontent.com/pod-product-compliance
Lightning Source LLC
LaVergne TN
LVHW100559051026
849519LV00003B/1026